디자인 한스푼
이해정입니다

KB191264

디자인 한 스푼
이해정입니다.

이해정 지음

꿈의 기록, 내가 되고 싶었던 모습을 성취하기까지

스물여섯의 나는 내가 잘하는 것, 좋아하는 것, 원하는 것을 알지 못하는 무딘 사람이었다. 일이 중요했기에 회사를 다녔고, 잘하면 칭찬과 보상이 주어졌기에 성실하게 일했다.

그런 와중에도 끊임없이 '지금의 일에서 탈출하고 싶다'라는 생각이 가슴 한쪽에서 솟구쳐 올라왔다. 하지만 어렵사리 안착한 직장에서 순항 중이던 나는 이런 딴생각들을 애써 무시하곤 했다.

'지금의 일을 소중하고 감사하게 생각해. 잘하고 인정받고 있잖아. 좋아하는 취미를 찾으면 만족을 느낄 수 있을 거야.'

초긍정의 힘이야말로 나를 성숙하게 만들어줄 것이라 굳게 믿으며 그렇게 10년을 버텼다. 내 자리에서 성실하게 일하다 보면 원하는 세상이 펼쳐지리라 기대하면서. 하지만 막연한 희망만으로는 아무것도 바뀌지 않았다.

어느 날 우연히 디자인팀을 '동경'하기 시작한 때부터 나는 달라졌다.

'드디어 내 꿈을 찾았다!'

그것이 내가 원하는 세상으로 데려다줄 탈출구라는 걸 본능적으로 감지한 것이다.

내 앞에 꽃길이 펼쳐지지 않으리라는 것쯤은 충분히 예상했다. 남들이 보기엔 세상 물정 모르는 헛발질일지라도, 내가 끝까지 나의 선택을 믿어준다면, 흔들림 없이 내 가능성을 믿는다면 후회하지 않을 것 같았다. 앞으로 평생 하고 싶은 일을 위해서인데, 혹독한 대가를 치러야 한대도 가고 싶었다.

그렇게 붓을 잡고 글씨를 쓰고 그림을 그리기까지, 10년이 흘렀고 나의 일을 사랑하게 됐다. 일을 통해 좌절과 성취감을 얻으며, 위로와 도전이 담겨 있는 일상을 사람들과 나누고 있다. 늘 변화를 꿈꾸지만 이 일을 좋아하는 마음만은 변함없이, 내가 되고 싶었던 모습을 만들어가는 중이다. 어제보다 더 현명해지길, 오늘 더 아름다워지기를 꿈꾸면서.

해 뜨고 해 지는 것이 당연한 하루라고 생각했다면 아무것도 얻을 수 없었을 것이다. 매일 새로운 아침이 펼쳐지듯 하루하루를 새롭게 시작하는 마음으로 살았다. 내가 마주한 시간 속에서 진심을 다하고 마음을 다하여 사람들을 대했다. 그들은 내게 좋은 고객이 되었고, 때론 좋은 벗이 되어주었다. 구름 한 점, 한줄기 바람이 무료한 하루에 선물이 되듯, 특별할 것 없는 나의 일상은 사소한 만남과 풍경과 순간이 모여 영감이 되고 작품이 된다. 오늘도 나는, 나를 닮은 따뜻한 글씨와 그림을 통해 아름다움과 꿈이 전해지기를 바라며 책상 앞에 앉는다.

이 책은 한 인간이 잘할 수 있는 일, 하고 싶은 일, 되고 싶었던 모습을 찾고자 고군분투했던 여정의 기록이다. 꿈을 품고 걸어온 길이 좋았고 마침내 좋아하는 일을 해냈습니다, 라는 자랑스러운 고백이기도 하다. 내가 지나온 여정이 당신의 마음에 가 닿기를, 혹시 지금 주저하고 있을지 모를 당신께 용기 한스푼을 더할 수 있기를 바라본다.

이천이십사년 여름

디자인 한스푼 이해정

차례

2장_디자인 한스푼 이야기
: 꿈꾸지 않으면 아무것도 일어나지 않는다

3장_하고 싶은 거 하면서 살아요

1장

나는
내 꿈을
믿기로 했다

사무직에서 디자이너가 되기까지

태양이 있어서 행복한
해바라기

출근해서 자리에 앉자마자 전화벨이 요란하게 울렸다. 약속한 날짜에 제품이 도착하지 않아서 불만 가득한 고객의 전화였다. 그는 반론의 여지를 줄 생각이 없다는 듯이 카랑카랑한 목소리로 나를 사정없이 다그쳤다. 전화를 끊고 나서도 비참하고 억울해서 일이 손에 잡히지 않았다.

마음을 진정시키려 테라스로 나가서 잠시 서 있다가 들어오는데, 우연찮게 디자인팀 직원의 모습이 눈에 들어왔다. 창 너머로 보이는 그는 이어폰을 꽂고 유유자적 폼 나게 일하고 있었다. 사람 상대하는 일이 가장 고되다더니, 이 일을 1년만 더하다가는 미쳐버릴지 모른다는 위기감이 들 정도로 인내의 한계치까지 다다른 나였다. 하필 이럴 때, 저 우아하고 세상 편해 보이는 모습이 눈에 들어올 건 뭐람.

한 건물에 있다고 해서 다 같은 직원은 아니었다. 단순히 업무

성격만 다른 게 아니라 사내에서 그들과 내가 느끼는 일에 대한 행복감은 전혀 다른 것 같았다. 컴퓨터 앞에 앉아 화면을 응시하며 일사불란하게 손가락을 움직이는 익숙한 모습을 뒤에서 바라보며 '나도 저 자리에 있었으면' 하는 상상을 자주 하곤 했다. 디자인 세미나 참석을 명분으로 전시장으로 영화관으로 다니는 모습도 부러웠다. 너무 부러운 나머지 질투 아닌 질투심을 가졌던 것도 같다. 분명 일하고 있는데 놀고 있는 사람처럼 보였던 디자인팀의 업무와 스타일을 나는 동경하고 있었다.

날이 갈수록 디자인을 향한 선망은 커져만 갔다. 그래서 어떻게 해서라도 디자인팀 언저리에 머물고 싶었다. 그들의 업무 방식을 알고 싶었고, 어깨너머로 배운 기능 몇 가지를 내 일에 적용도 해보면서 나도 모르게 디자인 영역에 대한 탐구심을 키워가고 있었던 것 같다.

이렇게 재미있는 일을 발견하다니 놀라웠고, 그 동경은 자연스레 나도 디자인 일을 하고 싶다는 생각으로 이어졌다. 하고는 싶은데 자질이 없다고 생각하니 밤낮으로 디자인팀을 부러워하면서 꿈을 접었다 펴기를 반복하기 여러 번, 그러다 문득 오래전 학창 시절이 떠올랐다.

초등학생 때는 예쁜 옷과 구두를 신고 미술대회에 자주 참가하기도 했다. 중학 시절엔 미술 시간에 그린 내 그림이 간택돼 선생님이 각 반을 순회하며 그림의 표본이라 떠들썩하게 칭찬하신 적도 있다. 그래, 나도 그림에 소질이 있었지.

어쩌면 디자인에 대한 동경은 단순히 멋있어 보여서가 아니라 내가 그토록 찾아 헤맨, 내가 진정 행복할 수 있는 일이라서가 아니었을까 하는 생각이 들었다. 그래서 막연하게 해보고 싶다는 바람을 넘어 정말 제대로 해봐야겠다는 결심을 굳히게 되었다. 내가 좋아하고 잘했던 미술을 기억해낸 기쁨은 그 자체만으로 꿈을 가져도 되겠다는 확신으로 이어졌다. 아직 시작도 하지 않았지만 꿈을 발견한 것만으로도 절반은 이룬 것처럼 벅차게 기뻤고 그 순간은 내 인생의 중요한 설계가 시작된 역사적인 날이 되었다.

동경하는 마음. 해바라기. 태양.
해바라기는 해에게로 도달해서가 아니라
해가 있어서 행복한 것이다.

네가?
디자이너를?

　　늘 디자인팀을 동경해온 꿈이 그저 꿈으로만 머물지 않기 위해선 이제 삶의 결을 바꾸는 선택과 결정을 해야 했다. 결국 나는 퇴사를 선택했다.

　　꿈을 찾아서 회사를 나가야겠다고 결심은 했지만 불안했다. 어쨌든 한 달이 보장된 직장을 떠난다는 결정은 당연히 쉽지 않았다. 당시 내 나이 스물 하고도 여덟. 무언가를 다시 시작하기에 너무 늦은 나이는 아닐까, 곧 포기하고 낙심하게 되지는 않을까 하는 생각에 잠 못 이루는 날들이 몇 날 며칠 계속됐다.

　　느닷없이 사직서를 받아 든 팀장은 앉은 자리에서 눈을 동그랗게 뜨고서는 몇 초간 나를 빤히 올려다보기만 했다. 천년만년이라도 시키는 일에 고분고분할 줄만 알았던 내가 퇴사를 하겠다고 하니 배후에 무슨 일이라도 있는 게 아닌가 싶은 궁금증 가득한 표정으로 나를 올려다보았다. 마치 어서 대답하라는 듯 재촉하는 눈빛이 따가웠다.

"스카우트 제의라도 받았어?"

"아니요, 디자인을 배워보고 싶어서 결정했어요."

"네가? 그런 감각이 있어?"

내심 응원의 말을 기대했지만 걱정 반, 비아냥거림 반쯤 섞인 눈빛으로 의아해하는 상사를 뒤로하고 나는 회사를 나왔다.

퇴사 후 서초구에 있는 디자인 학원부터 등록하고 디자인에 대한 기초지식을 처음부터 배워나갔다. 교육과정은 팀별 미션이 주어지고 과제를 발표하는 식으로 진행되었다. 수행과정에서 각자의 역할이 나누어지고 이를 최종적으로 하나로 통합하여 프로젝트를 완성하는 방식이었기 때문에 마치 디자인 회사의 일원이 되어 일하는 것 같아 마냥 설레고 좋았다.

그렇게 행복한 1년의 교육과정을 수료한 늦깎이 디자이너는 실무를 익히기 위해 서너 명이 근무하는 작은 에이전시로 첫 취업을 하게 되었다. 만사가 그러하듯 밖에선 화려해 보였으나 막상 현실에 부딪혀보니 디자인은 우아하고 아름답고 창의적인 것만은 아니었다. 밤샘은 일상다반사였고 휴일조차 눈치를 봐가며 쉬어야 했다.

명색이 디자이너였지만 일에서는 실수투성이였고, 손바닥만 한 회사에서는 부스러기 같은 잡무 또한 오롯이 내 몫이었다. 자잘

한 일부터 프로젝트까지 일은 해도 해도 끝이 없었고, 사람은 부족했고, 나는 소진되었다. 하지만 나 스스로 선택한 길이 아닌가. 당시의 나는 버티는 것 외에 길이 없었다.

이 구간을 지나고 나면 나를 세상에 내보일 포트폴리오도 어느 정도 갖출 수 있으리라는 목표 하나로 버텼다. 밤을 새고, 부당함을 견디고, 피로를 이겨내고 출근하는 일상의 끝에는 분명 내가 원하는 삶이 기다리고 있으리라는 희망.

그랬다, 그런 것이 있다고 믿었고 또 믿고 싶었다.

결국 보통은 5년이 걸릴 결과물을 나는 3년 만에 얻을 수 있었다. 어느새 두툼해진 나만의 포트폴리오는 또 다른 인생의 문을 여는 삶의 무기가 되어 주었다. 그리하여 마침내 나는 원하는 회사에 입사했다. 작지만 오랜 꿈 하나를 이룬 것이다.

색다른 영역에 입성한 나는 꿈의 리스트를 추가해 나가기 시작했다. 이번에는 대학원 진학이다. 본격적인 디자인 실무를 수행해 오면서 디자인은 기술이 아니라 클라이언트의 의도를 간파하고 소통해가며 그들의 생각을 구체적으로 형상화하는 작업이라는 사실을 깨달았기 때문이다.

3학기 가을이었다. 대학원 수업이 있던 날 학교에서 익숙한 얼굴의 남자와 마주쳤다. 전 직장 상사였다. 내 사직서에 딴죽을 걸었던 바로 그 사람. 순간 모른 척할까도 생각했지만, 지금 내가 그를 피해야 할 이유가 무엇이겠냐 싶어서 당당히 인사를 나누고 휴게실에서 차 한 잔을 나누게 되었다. 나는 그에게 명함을 내밀었다.

'디자인팀 디자이너 이해정'

순간 그는 꽤나 놀란 듯한 얼굴로 명함 한 번 내 얼굴을 한 번 번갈아보더니 감탄하며 말했다.
"그렇게 하겠다더니 결국 하는구나!"
여전히 제자리에 안주하고 있는 그 자신과 달라진 나 사이에 느껴지는 온도차랄까, 그의 표정에서 그런 미묘한 감정이 얼핏 스치는 듯했다. 그와 눈을 마주하면서 왠지 양 어깨에 힘이 들어가는 나를 느낄 수 있었다.

부지런히, 꾸준히,
끝없이

나는 작은 시골 마을 농부의 둘째 딸로 태어났다.

'난 왜 힘겨운 곳에서 태어났을까? 왜 서울에서 태어나지 않았을까? 내 부모님은 왜 농부여야만 했을까?'

반항심 가득한 사춘기 시기에는 이런 철없는 원망이 하늘을 찔렀다. 억울함과 불만을 품은 채 마지못해 하루하루를 보냈다.

한없이 고된 노동력. 누구의 소유인지 분간조차 안 되는, 끝도 없이 펼쳐진 논과 밭은 사람의 손길을 받은 만큼 수확을 돌려준다. 그 법칙에서 벗어날 수 없는 농부의 숙명은 다시 자녀들에게로 고스란히 이어진다.

"해정아 놀러 가자!"

하교 후 친구들이 대문 밖에서 나를 부른다. 차라리 아무도 오지 않았다면 좋았을 것을. 매번 나는 지금 일해야 해서 놀 시간이 없다는 말로 친구들을 돌려보내는 것은 아쉬움을 넘어 고통이었다.

온 식구가 들러붙어서 농사일을 도와도 일손은 늘 부족했고, 주말과 평일이 구분되지 않을 만큼 부모님의 쉼 없는 노동은 옆에서 바라보기만 해도 안쓰러웠다. 이런 나의 태도와 마음과는 달리 부모님은 일하기 싫은 기색 하나 없이 매일 새벽같이 일어나 아빠는 논에 나가고 엄마는 새참을 준비하여 그 뒤를 따른다. 바삐 일터로 나가 일하다 새참을 먹고 다시 또 힘을 내어 부지런히 일했다. 일하기 싫다고 투정 부리는 자식들에게 화 한 번 내지 않고 외려 환하게 웃어주던 나의 부모는 하루 종일 허리 한 번 펴지 못한 채 쭈그려 앉아 일하는 삶에 평생 동안 충실하셨다. 농부의 숙명을 짊어지고 고생하는 부모님을 마주할 때마다 내 마음 한편은 늘 아렸다.

그중 우리에게 전담으로 맡겨진 일이 있는데 지루함의 끝판 왕이라 할 만했다. 바로 허수아비 관리하기(대신하기)다. 가을에 노랗게 익어가는 벼를 참새들이 쪼아 먹는 걸 예방하기 위해 사람을 대신해 세워두었지만 그쯤은 참새들도 이미 다 안다. 그렇게 허수아비가 무용지물이 되고 나면 이제 사람이 직접 나서야 한다. 태양 볕이 쏟아지는 들판 한가운데에 서서 새들로부터 벼를 지키는 보초를 서야 하는 것이다.

그다음 몫은 그렇게 지켜낸 벼를 베어서 탈곡한 후에 배당된다. 가을볕에 바짝 말려야 하니 집 마당과 골목길까지 매트 위로 벼를 얇게 깔아놓고 2시간마다 맨발로 고랑을 치듯 골뱅이 모양을 만들

며 저어주어야 한다. 또 저녁 6시가 되면 벼를 모두 마대자루에 담아야 하는데 이때는 온통 먼지를 뒤집어쓸 수밖에 없으니 더더욱 하기가 싫었다. 다음 날이면 다시 매트를 깔고 말리고 저어주는 과정을 열흘 동안 반복해야 한다.

저녁 식사 후에도 잡다한 일거리는 한가득이었다. 밭에서 채취한 감자순 껍질 벗기기, 옥수수 벗기기, 콩 껍질 까기 등등. 어린아이로서는 그런 일거리도 버거운데, 더구나 밤작업에는 무서운 모기떼까지 달려들어 일하랴 모기 쫓으랴 쉴 틈이 없었다. 다들 하기 싫어 죽상이었지만 온 가족이 둘러앉아 고된 일을 마쳐야 잠자리에 들 수 있었다.

시골뜨기,
서울에 입성하다

영원할 것 같았던 시골에서의 삶은 어느덧 마무리되고, 마침내 꿈에 그리던 서울로 입성했다. 서울에서의 직장생활! 1호선 지하철을 타고 한강을 건너는 순간 정지화면처럼 심장이 멈춰 섰다. 내 눈앞에 펼쳐지는 풍경은 산과 논밭으로 둘러싸인 시골 동네가 아니었다. 바다처럼 푸르고 드넓은 한강의 풍경을 출근길 지하철에서 볼 수 있다는 것, 누군가에겐 흔하디흔한 장면이겠지만 적어도 내게는 심장을 쥐락펴락 하는 가슴 뛰는 서울살이의 시작이었다.

첫 회사는 설렘의 연속이었다. 연수원에서 받는 교육은 한 번도 접해보지 못한 신세계였다. 화장실도 안 갈 것 같은 멋진 강사님의 교육은 내 귀에는 노랫소리처럼 들렸다. 연수원 기간은 꿈을 꾸는 것 같은 행복한 시간이었다. 모든 교육이 끝난 후, 나는 회원심사팀에서 일을 시작하게 되었다. 얼마나 체계적으로 업무가 짜여 있었는지, 쪼개고 쪼개진 업무는 일을 배우는 데 어려움이 없을 정도였다. 서류를 확인하고, 확인 전화를 드리고, 코드 작업을 하고, 전산에 입력하는 일까지 하면 업무가 마감된다. 하루 동안 할당된 서류로 몇 백 장씩을 확인해야 했고, 전화는 무조건 상대가 받을 때까지 걸어서 확인 절차를 밟아야지만 끝이 나는 일이었다. 내가 수행하고 있는 업무란 것이, 끝이 보이지 않는 논에 펼쳐진 누런 벼를 낫으로 한 포기 한 포기 베어야 하는 일과 다를 바 없다는 생각이 들었다.

입사 첫날 출근길의 한강을 바라보며 꽃길만 걸을 것 같았던 부푼 희망은 온데간데없어지고 나는 어느새 직장생활 6년차 서울 사람이 되어가고 있었다.

'이 일을 언제까지 할 수 있을까?'

지금 경력으로는 다른 회사로 이직한다 한들 비슷한 일을 할 텐데, 일터를 옮긴다는 것은 좋은 대안이라 할 수 없었다. 한편으로 그냥 즐겁게 일하고, 다른 동료보다 더 열심히 일해서 고과 잘 받아 그 월급으로 자기계발을 열심히 하면 된다고, 그렇게 스스로를 합리화했다. 그렇지만 기껏해야 영어회화를 배우는 것 외엔 자기계발로 무엇이 필요한지조차 몰랐기에 뚜렷한 목표도 없이 그냥 열심히 살아야 한다고만 생각했던 것 같다.

물론 내게 주어진 일에는 열심을 내어 일을 했다. 그렇지만 야근이 연속적으로 잡힐 때면 심란하고 복잡한 마음이 들어 우울해졌다. 회사를 다니고 있지만 너덜거리는 마음과 육체는 대안도 답도 없는 일탈을 꿈꾸며 하루하루를 흘려보내고 있었다.

다시 새로운 하루가 시작된 어느 날. 처리해야 할 일들을 체크하며 분주하던 오후 2시, 뜻밖의 전화 한 통을 받았다. 심사팀에서 대리로 일하다 본사로 발령받아 떠났던 김 과장의 전화였다.

'나한테 무슨 볼일이 있어 전화를 했을까? 또 업무 부탁인가?'

볼일이 있으면 용건만 간단히 말할 것이지 잘 있었냐는 둥 서론이 길었다. 그러더니 뜬금없이 자신이 일하는 부서 이야기를 꺼냈다. 이번에 E-BIz TF팀 책임을 맡게 되었는데 이 부서에서는 다양한 업무를 한곳에서 처리할 것이므로 다양한 동료들을 만날 수 있고 활기가 넘치는 팀이 될 거라고 했다. 여행팀, 회계팀, 기획팀, 마케팅팀, 디자인팀, 고객지원팀까지, 마치 개인회사를 운영하는 형태 같았는데 한마디로 이 부서에서 같이 일하고 싶어서 내게 연락했다는 것이다.

김 과장의 제안은 놀라웠다. 내가 일탈을 꿈꾸는 걸 알 리 없었을 텐데, 게다가 나보다 더 친하게 지낸 지연 씨도, 정한 씨도 아닌 나에게 제안을 줬다는 사실이 기쁘고 고마웠다. 생각할 시간을 주겠다고 했지만 사실 나로서는 고민할 필요도 없었다. 나는 당장 가고 싶다고 대답했다. 그런데 김 과장 말로는 한 가지 걸림돌이 있다고 했다. 회사에서 부서 발령을 내주면 좋겠지만 회원심사팀 송 과장이라면 일 잘하고 있는 직원 한 명을 뺏어가는 인사 발령을 내줄 턱이 없다는 것이다. 그러니 아예 퇴사를 하고 파견직으로 올 수는 없겠느냐고, 조심스럽게 말을 꺼냈다. 어찌 보면 말도 안 되는 황당한 요청이었음에도, 탈출만을 바라던 당시의 나로서는 앞뒤 따져볼 것도 없는 솔깃한 제안이었다. 그 부서로 갈 수만 있다면 파견직이라 한들 상관없었다. 마치 새로운 곳을 경험해보고 싶다는 간절한 열망에 누군가 응답해준 것 같았다.

막상 마음을 정하고 떠날 생각하니, 이곳에서 함께했던 동료들, 나에게 일을 배우고 내 말을 들으며 일하는 후배들, 힘겨울 때 나를 다독이며 지지해주었던 송 과장님까지, 아쉬운 마음이 컸다. 나는 60명이나 되는 직원들의 이름을 출력하고 이름표를 만들어 자리에 배치했다. 송별 선물인줄은 꿈에도 몰랐을 송 과장은 싱글벙글 기특하다고 내게 칭찬을 한다.

"송 과장님 드릴 말씀이 있는데요. 제가 퇴사를 해야 될 것 같아요."

퇴사 사유를 말하고 김 과장 팀에 합류하기 위해 파견직으로 가겠다는 말에 송 과장은 눈이 휘둥그레졌고 안경 너머로 동공이

마구 흔들렸다. 선뜻 이해되지 않는다는 표정이었다. 멀쩡히 일 잘
하고 있는 여기를 떠나 굳이 신생팀에 파견직으로 가겠다니, 대체
얘가 제정신인가 싶었는지 한참을 아무 말이 없었다.

안줏거리가 되어도
괜찮아

처음부터 "부서 발령을 원합니다"라고 다부지게 부탁했더라면 상황은 어땠을까?

송 과장이 허락할 리 없으니 파견직으로 데려와야겠다는 김 과장의 생각도 엉뚱한 발상이었지만 나 또한 야무진 이해정이라 할 수는 없었다.

이제 송 과장의 결정만 남은 상황이었다. 퇴사시키고 파견직으로 보내자니 말이 안 되고, 그렇다고 인사 발령을 내자니 자기를 떠나 김 과장에게 가겠노라고 고집부리는 내가 미웠을 것이다. 극도의 배신감을 느꼈을 것이고 신뢰도 깨졌을 뿐만 아니라 그동안 아껴준 자신에게 일말의 미련도 없다 하니, 굳이 유리한 조건으로 인심을 베풀 이유가 없었다.

그럼에도 오죽하면 저런 결정을 했을까, 그 마음을 조금이라도 헤아려 발령을 내주길 기대했던 건 역시나 순진한 생각이었을까.

엿들으려 한 건 아니었는데 송 과장 자리 쪽에서 처리해야 할 일이 있어서 갔다가, 내가 옆에 있다는 걸 눈치 채지 못한 그의 전화 통화 내용을 듣게 되었다. 아마 인사팀과 통화중인 것 같았는데 인사팀에서는 "그냥, 발령을 내줍시다"라고 말하는 것 같았다. 그런데 송 과장은 "그건 절대로 안 됩니다. 퇴사 처리로 결론 냅시다"라고 최종 결정을 내리고 수화기를 내려놓다가 나를 보고는 깜짝 놀란다.

결국 송 과장은 인사발령을 내주지 않았고 퇴사로 결정이 났다. 그동안 그 역시도 얼마간 고민을 했는지 막상 결정을 내리고 나선 후련한 듯 보였다. 이 난리를 며칠 동안 지켜본 동료와 후배들은 수군거리기 시작했다.

"송 과장을 화나게 하면서까지 퇴사해서 그 부서 파견직으로 간다는 것이 말이 돼?"

"정규직으로 회사에 들어오고 싶어도 못 들어와 난리인데."

"일 잘하고 똑 부러진 사람인줄 알았는데 이게 무슨 일이래."

내 결정을 후배들은 이해하지 못했고 동료들은 잘못되었다고 말렸다.

나 또한 혼란스럽기는 마찬가지였다. 내 선택이 맞는 걸까? 정규직을 파견직으로 데려온 김 과장과 그 부서에 '인건비 절감'이라는 좋은 건수만 던져준 건 아닐까? 오만 가지 생각으로 머리가 아팠지만 어쨌든 결론을 내린 사안이다. 마침내 그토록 원했던 일탈을 감행했지 않은가. 이렇다 할 좋은 조건이라고는 없는 그 부서에 파견직 출근을 앞두고 나는 어수선한 마음을 다잡았다.

같은 회사의 새로운 부서로 출근하는 날. 선릉에서 을지로 입구로 출근길 경로가 바뀐 것만으로도 오랜만에 느껴보는 설렘이 찾아왔다.

두근두근 문을 열고 들어서자마자 창문 앞 정중앙에 자리한 김 과장이 보였다. 통화중이던 그는 내가 들어온 것을 확인하고 눈짓으로 '출근했네' 인사를 한다. 바로 앞에는 김 과장과 케미가 좋아 보이는 안경 쓴 김기만 대리, 아이디어 뱅크라 불리는 문 대리, 나처럼 파견직인 여직원 2명, 웹디자이너 팀장 포함 3명, 도도함이 느껴지는 MD 2명까지, 조촐한 직원들의 숫자도 마음에 들었다. 같은 부서지만 다른 팀 사람들이 파티션 너머로 많이 보였다.

이미 소문을 듣고 당사자가 나타나기만을 기다렸다는 듯이 사람들은 너나 할 것 없이 돌직구로 물어본다.

"굳이 왜 파견직으로 왔어요?"

"도대체 왜요?"

"이해할 수 없네. 잘못 선택한 것 같아요."

등등을 되풀이하며 궁금한 것을 한가득 늘어놓는데 정작 그들이 듣고 싶어 하는 말을 딱히 해줄 수 없어서 아쉬웠다.

"이 팀에 합류하고 싶어서 고민 없이 바로 달려왔어요. 앞으로 우리 잘 지내요."

첫 출근 아침은 이렇게 시작되었다. 우선 내게 주어진 일이 많이 궁금했다. 단순하기는 별반 다를 바 없어보였지만 그런데 달랐다. 매출 회계도 만들어야 했고, 고객의 전화에도 응대해야 했고, 사내 게시판의 판매 상품 결제도 내 몫이었다. 거래처에 상품 발주와 재고 확인을 포함해 다른 팀과 협업 후 결정해야 하는 일도 많았다. 누구나 할 수 있는 일이지만 결코 단순하지 않은 업무였다. 이 일 저 일 잡다하게 다채로운 일을 배우고 처리하느라 하루가 어떻게 지났는지 모를 만큼 흥미로웠다. 파견직에게 이런 업무를 맡겨주다니, 어마어마한 특권이라 생각했다.

흥미로웠던 건 일뿐만이 아니었다. 전체 회식을 하면서 다른 부서의 사람들과 인사를 나누고 이야기하다 보면, 여기 오지 않았더라면 이 사람들을 어떻게 만날 수 있었을까? 싶었다. 사람들과 이야기를 나누고 새로운 사람을 알아가는 것은 평소 내가 좋아하는 일 중 하나였기에 더욱 즐거웠다.

팀 회식 이후로 기획팀 민선 씨와 가깝게 지내게 되었다. 휴식 시간마다 커피 한 잔 하면서 사적이고 공적인 이야기를 나눌 수 있는 동료를 만난 것이 많이 든든했다. 훗날 내가 블로그를 시작하게 된 계기를 만들어준 이도 바로 민선 씨다.

회계팀 기범 씨도 보통 사람은 아니었다. 한번은 부탁할 일이 있었는데 빠른 시간에 정확히 처리한 결과물을 가져다주었다. "기범 씨는 어떻게 이렇게 일을 잘해요?" 하니 으쓱해하지 않고 바로 받아친다. "제가 일을 잘하기 위해 먼저 하는 게 있어요. 어떻게 하면 효율적일까를 생각하는 것이죠! 저는 효율을 중요시합니다." 생김새 여부와 상관없이 말 한마디에 호감이 상승할 수 있다는 것을 기범 씨를 통해 알게 되었다.

우리 팀 아이디어 뱅크인 대리님은 어깨에 뿅이 100쯤 들어 있다. 우리 회사에서도 아니고 대한민국에서 자신의 아이디어를 따라올 자가 없다고 말한다. 아이디어란 무엇이냐, 타사에서 만든 브랜드를 연구하다 보면 새로운 아이디어가 만들어진다고 했다. 이 것만큼 쉬운 게 없단다. "뱅크 대리님 놀라워요"라고 호응해주면 시도 때도 없이 옆에 와서 오만 가지 아이디어를 풀어내 보인다. 수다쟁이 아이디어 뱅크 대리는 인기도 만점이다. 이렇듯 다양한 사람들과 소통할 수 있는 회사 생활은 활기가 넘쳤고 하루하루가 번개처럼 지나는 듯했다.

회사의 전폭적인 신뢰하에 이 대단한 일들을 진두지휘하고 있는 김 과장이 멋져 보였다. 챙겨야 할 식구가 많다 보니 나라는 사람은 안중에도 없었고, 내게 잘해주기는커녕 존재감을 느껴본 지

오래다. 많은 사람을 책임져야 하고 TF팀으로 시작하는 시범적인 일에 성과도 내야 하니, 김 과장도 어깨가 무거워 보이긴 했다. 이곳에 날 데려와준 그가 고맙기도 하면서, 한편으로는 나도 사람인지라, 이 좋은 부서에 부득이 파견직으로 영입해야만 했을까 싶은 섭섭한 마음도 문득 문득 들었다.

익숙한 것과의 결별,
헤어질 결심

내 옆에는 웹디자인팀이 자리하고 있었다. 그 팀원들이 일하는 모습을 볼 때마다 신기했다. 마우스가 아닌 펜을 가지고 끼적이며 그리듯이 작업하는 모습이 흥미로웠다.

'세상에 이런 일도 있구나!!!'

나와 다른 일을 하는 그들의 작업이 특별해 보였다.

다행히 디자인팀의 회식 소식이 들리면 함께하고 싶다는 이유로 어울릴 수 있었다. 디자인 컨퍼런스에 참여한다는 소식엔 얼른 반차를 내고 그들과 동행했다. 컨퍼런스는 공통의 전문적인 주제를 가지고 대규모 회의를 진행한다. 그 자리에는 IT 웹 종사자와 기획자, 개발자, 디자인팀, 디렉터들이 참여하고 있었다.

자신의 일을 공유하고 정보를 제공하면서 더 좋은 방향을 위해, 미래를 향해 점진적으로 나아가고자 하는 열정들이, 내게는 감추어진 보물을 찾는 것처럼 비추어졌다. 난생 처음 접해본 컨퍼런스에서 '나도 보물을 찾고 싶다. 같은 일을 하는 사람들과 소통하면서 일하고 싶다'라는 생각이 들었다.

그 이후로 디자인팀의 일과를 관찰하는 버릇이 생겼다. 유치한 말이지만, 나도 이어폰을 꽂고 그들처럼 일하고 싶었다. 저 여유와 몰입을 넘나드는 자유로운 분위기 속에서 창작하는 일이란, 하루가 무료하지 않고 무지개처럼 다채로울 것 같았다.

그런데 내가 디자인이라는 것에 감각이 있긴 한가? 겨자씨만 한 소질도 재능도 없는데 디자인팀이 부럽다고 무턱대고 하고 싶다니. 한편으론 터무니없는 생각 같아 한심하기까지 했다. 그럼에도 일단 픽하고 꽂혀버린 마음은 좀처럼 사그라들지 않았다.

내가 잘하는 것이 무엇일까 떠올려보았다. 나는 무엇을 잘하고 좋아하지? 어릴 때 내 꿈은 무엇이었더라? 생각이 꼬리에 꼬리를 물고 이어졌다. 그렇게 나는 나를 찾아가기 시작했다. 내가 원하는 일, 좋아하는 일을 찾아 들어가다 보니 어릴 때 그림 그리는 것을 즐겨했고 좋아했다는 기억이 떠올랐다.

그림으로 선생님께 칭찬을 받고, 그림 대회에 나가고 싶다고 부모님을 설득한 끝에 겨우 참가한 대회에서 상을 받은 기억도 났다. 그림에 전혀 관심이 없었던 내 부모님은 그림으로 상 받은 건 인정해주지 않았고 무조건 공부를 잘해야 한다고만 하셨다. 그러니 신통치 않았던 성적에 주눅 든 나는 부모님 기대에도 부응하지 못했고, 잘하는 것도 없다고 제풀에 스스로를 그리 여겼던 것이다.

디자인을 하고 싶다는 생각으로 연관성을 찾다 보니 '내게도 분명 어릴 적 잘했던 것이 있었는데 잊고 살았구나, 나도 잘하는 것, 하고 싶은 것이 있었어!' 하는 발견의 순간과 마주했다. 가슴속 깊은 곳에서 기쁨이 벅차올랐다. 그것은 마치 내 인생의 퍼즐을 완성한 듯한 기쁨이었다.

어렵게 찾은 내 꿈을 위해 퇴사를 결심했다. 멀쩡히 다니던 회사를 그만둔다는 것에 두려움도 있었지만, 이 꿈은 분명 도전할 가치가 있다는 확신에 머리에 띠라도 두른 듯 용기가 생겼다. 가슴이 뛰고 불꽃이 일었다.

퇴사 후 경제활동 없이 디자인 공부만 해야 한다는 현실이 다소 막막했던 건 사실이다. 이렇듯 어렵게 시작했는데 디자인을 못하면 어쩌지? 스물여덟 너무 늦은 나이는 아닐까? 갈등이 오갔다. 선택하고 책임진다는 것은 그만큼이나 중요하고 어려운 것임을 비로소 처음 알게 되었다.

늦었다고 생각했지만 아직은 청춘이다. 지금 이 결심을 그냥 지나쳐버린다면 훗날 왜 그때 하지 않았을까 후회할 것만 같았다.

웹디자인을 하려면, 전공자가 아니더라도 전문 학원에서 웹디자인 관련 프로그램들을 익히면 가능했다. 다만 현장에 투입될 수 있는 경력을 갖추기 위한 교육과정이었기에 단순한 자기계발의 차원을 넘어 회사를 그만두고 전력투구해야 할 과정이었다. 교육 프로그램을 보니 공부를 시작하면 팀을 구성해 공공기관의 웹사이트를 완성할 수 있는 프로젝트까지 마치는 과정이었다. 이를 끝내면 생애 첫 포트폴리오를 가질 수 있다. 새출발을 하는 새내기로서는 좋은 조건이 아닐 수 없었다.

물론 교육을 마쳤다고 해서 '어서 오세요'라고 환영해주는 곳이 기다리고 있다는 얘기는 아니다. 디자인팀 취업이라는 지난한 과정을 생각하면 멀고도 먼 길이다. 그러나 그 정도 어려움은 익히 각오했던 바다. 어렵사리 찾은 내 소중한 꿈을 향하여 '나는 할 수 있어'라는 긍정적인 주문을 내 자신에게 걸기 시작했다.

오늘은
내일보다
더 빛날것이다

커리어 갈아엎기,
웹디자인에 도전

    드디어 세상 밖으로 걸어 나왔다. 퇴사를 하고도 마냥 자유로운 몸은 아니었다. 직장에 출근하듯이 월요일부터 금요일까지 1년 교육과정을 이수해야 했다. 여러 반이 있었지만 우리 반은 25명 남짓 남자, 여자로 비율도 비슷했고, 나이는 20대에서 30대 사이였다. 개중에는 꼭 10대나 40대가 한 명씩 있기 마련이다. 이곳에서는 웹디자인에 사용되는 프로그램과 웹 개발을 위해 사용하는 프로그램 언어와 기술을 익혀, 이를 이용해 웹사이트를 디자인하고 개발하는 과정들을 접하게 된다.

    기획 의도를 잘 파악해야 목표와 타깃이 분명한 디자인을 할 수 있기 때문에 기획에 필요한 지식도 필수 교육이었다. 현장에서 일하고 있는 개발자, 디자인팀, 기획자들을 초빙하여 특강을 들을 때면 현장에서의 풍경을 미리 보기라도 하는 것처럼 생동감이 느껴졌고 현장의 소리를 듣는 것 같아 매우 흥미진진하기도 했다.

모두가 웹에 대한 굳은 의지를 가지고 모인 곳이라 서로에게 관대했고 협조적이었다. 수업 후 이해가 안 되거나 애매한 내용들은 반에서 웹을 잘 안다는 대표가 스터디를 해주었기에 반 분위기 또한 서로를 챙겨주는 마음으로 따뜻했다.

길고 긴 교육의 끝이 다가왔다. 마지막 수료식에서는 조별로 진행한 프로젝트 결과물을 발표하는 시간을 갖는다. 이 마지막 시간을 위해 우리는 열정을 쏟아부었다. 이 날에는 조별로 맡은 프로젝트의 해당 관공서 직원들이 초대되었다. 우리 조는 그동안 복지관 사이트를 개발하는 프로젝트를 수행해왔다.

불과 일 년 과정의 교육으로 실제 운영 가능한 사이트를 만들어낼 수 있다는 것은 뉴스에 나올 만한 일이었다. 우리는 폭발적인 호응과 박수를 받으며 발표를 끝냈다. 해당 관계자들은 사이트가 구축돼 대단히 기쁘고 감사하다면서 맛있는 식사 자리를 마련해주었다. 그간 구축했던 이야기들을 나누고 화기애애한 시간을 보냈던, 뿌듯한 자리였다.

이후 학원 동료들은 뿔뿔이 흩어져 각자 구직활동을 시작했다. 그중 작은 에이전시들은 서브 디자인으로 작업할 거리가 많아선지 예상보다 모집하는 곳이 많았다. 어디를 골라 들어갈 것인지가 관건이었다. 기업으로 들어가 처음부터 수월하게 일할 것인지, 아니면 작은 에이전시에서 부지런히 일하며 웹디자인 경력자로 설 때까지 실무를 익힐지를 결정해야 했다.

편하고 쉽게 일하는 중소기업도 끌리긴 했지만, 이제 시작하는 초보 웹디자이너로서 배울 것이 많다는 생각에 어렵고 힘든 과정을 먼저 치르고 싶었다. 실전에 투입돼 다양한 일을 접하고 싶었고 그를 통해 좋은 디자인, 나쁜 디자인을 구별하는 능력 있는 웹디자이너가 되고 싶었다.

결국 나는 소규모 에이전시 회사를 택했다. 입사하고 보니 역시나 단순 업무를 재빨리 처리해야 하는 초보 디자이너에겐 할 일이 산더미처럼 쌓여 있었다. 이미 예상은 했지만 생각보다 에이전시 회사는 많은 작업을 수행했다. 우선 나는 24시간 동안 컴퓨터를 들여다보며 쇼핑몰에 들어갈 의류상품 이미지를 포토샵에서 보정하고, 사이즈 조절 및 색과 밝기에 변화를 주는 업무를 시작했다. 하루에 몇 백 장씩 처리해야 하는 단순한 일이었다. 과거 회사와 비교하면 단순 작업은 똑같았지만, 같은 일이 계속 반복되지는 않는다는 것이 해볼 만했다. 의류 쇼핑몰 프로젝트가 끝나면 새로운 업종의 다른 작업이 기다리고 있었으므로 어떤 프로젝트가 맡겨지느냐에 따라 디자인상의 변화가 필요했다. 그러니 단순하다고 단정할 수 없었고, 무엇보다 디자이너로서의 업무가 즐거웠기에 지치지 않고 일할 수 있었다.

서브로서 일정을 맞추기 위해 집에도 못 들어가며 몇 날 며칠을 열심히 일했는데 그럼에도 대형 사고를 치고 말았다. 메일링 서비스를 잘못 처리해 대표님과 사수한테 혼쭐이 났다. 이후로 사수는 나를 일절 쳐다보지 않는다. 가뜩이나 일도 힘든데 엎친 데 덮친 격이었다. 인정받고 싶어서 열심히 노력해 만든 디자인을 보고도 시종일관 무표정으로 나오는 말도 섞지 않았다.

디자이너로서 소외되고 사수에게 인정받지 못하니 서러움이 복받쳤다. 머리도 아프고 스트레스는 어깨를 짓누른다. 하지만 어떻게든 견디고 버텨야만 해! 아직 나만의 포트폴리오가 완성되지 않았기 때문이다. 애초부터 힘겹고 어려운 길을 선택한 것은 나다. 실수든 관계에서 어긋남이든, 모두 배울 점이라고 스스로를 다독일 수밖에.

디자인에서 단시간에 성과를 내는 것은 결국 불가능한 욕심일까. 외롭고 힘든 길, 쉽사리 풀리지 않고 실수를 반복하면서 디자인이 막혀버릴 때면 하루 휴가를 내어 거장들이 알려주는 웹 디자인 컨퍼런스, 세미나에 참석했다. 틈날 때마다 그들의 강연을 듣는 데 쓸 수 있는 시간 모두를 쏟아부었다 해도 과언이 아니던 시절이다.

정답도 오답도 없는 이 세계에서 살아남은 거장의 남다른 사고와 시각을 엿볼 수 있는 값진 시간이었다. 웹을 대표하는 전문가들의 동향이나 화두를 통해 얻은 정보는 지금 내가 수행하는 작업에 접목할 아이디어를 주었고, 반복하는 실수도 점검하게 해주었다. 내 디자인을 성장으로 이끌어주는 그런 시간이 좋았다. 부지런히 찾아 들었던 숱한 강연은 나무뿐 아니라 숲을 보는 통찰력이 있는 곳으로 나를 데려다놓았다. 그를 통해 내가 이 일을 하고 싶어 했고 선택했던 이유를 발견했고, 나도 디자인의 고수가 될 때쯤 시작하는 이들을 위해 해줄 말이 있어야겠다는 사명 또한 품게 되었다.

에이전시에서의 3년 동안 나는 참 열심히 일했다. 개미처럼 일에만 몰두하면서 버티고 배웠던 소중한 시간은 어느덧 내게 자신감을 심어주었다. 이제는 때가 되었다.

나는 입사하고 싶은 기업으로 포트폴리오 들고 가 지원서를 제출했다.

'디자인팀
이해정'

서류합격도 놀라웠지만, 1차 2차 3차를 걸쳐 단 한 명 뽑는 디자이너의 주인공이 내가 됐다는 사실이 믿어지지 않았다. 이곳은 그동안 일했던 에이전시와는 차원이 달랐다. 예상했던 것보다 훨씬 체계적일 뿐만 아니라 기획팀, 디자인팀, 개발팀 등 팀별로 진행되는 프로젝트들이 줄지어 있는, 꿈에 그리던 그런 회사에 입사한 것이다.

'디자인팀 이해정'

내 이름이 찍힌 명함을 지갑 속에서 꺼내는 날을 얼마나 기다렸는지 모른다. 이제 나는 디자인팀 이해정인 것이다.

이 명함 하나를 위해 꿈을 품고 달려왔다. 힘겨운 3년, 일만 했던 내게 보상이 주어진 것 같았다. 회사 생활은 말 그대로 놀이터였다. 그렇게 간절했던 세미나도 업무상 필수 요소였기에 반차나 휴가를 낼 필요 없이 교육을 신청하면 회사 지원으로 얼마든지 다닐 수 있었다. 디자인팀의 역량을 높이기 위해서라면 아낌없이 지원해주는 이곳은 회사 천국이었다.

동료들 또한 유쾌했고 따스했다. 그리고 무엇보다 일이 좋았다. 이곳에서 내 꿈을 확장해가며 성장하고 싶었다. 디자인 실무뿐만 아니라 기획을 이해하고 미디어를 통해 소통하는 능력, 자신을 표현하고 타인을 설득하는 능력도 키우고 싶은 욕심이 생겼다.

그래서 미디어 커뮤니케이션 대학원 진학을 결심했다. 타 전공분야이긴 했지만 브랜드 매니지먼트 개념도 이해하면 좋을 것 같아 청강도 신청했다. 간절함이 통했는지 교수님께서 허락해주어 5학기 내내 전공만큼이나 열심히 참여한 덕분에 동기들과도 엄청 친밀해졌다. 내게 배움의 열정이 이만큼이나 가득했는지 스스로도 놀라울 만큼 내 꿈은 점점 확장되어가고 있었다.

이 회사에서 나는 디자이너로서의 꿈을 이루었을 뿐만 아니라 좋은 사람을 만나 결혼하고 나를 닮은 딸아이까지 출산했다. 그렇게 인생 2막 워킹맘의 일상이 시작되었다.

회사를 다니면서 육아를 병행하는 것은 다들 짐작하듯 녹록지 않았다. 정시퇴근을 해야 어린이집에 아이를 찾으러 갈 수 있으니 어느덧 업무보다 그것이 더 우선이 되어갔다. 그런 와중에도 직장인으로서의 몫은 차질 없이 해내야 해서, 회사에서 요구하는 성과를 내기 위해 디자이너로서 더 노력해야 하는 상황이었다.

그즈음 회사는 지원교육을 확대해 일회성이 아닌 지속적인 교육 과정도 허용해주었다. 당시 타이포그래피의 접목이 중요했기에 글자 디자인에 관심이 높았던 나는 붓으로 쓰는 글자를 배우기 위해 디자인팀 전 직원과 홍대에 있는 전문학원에 수강을 신청했다. 그리고 첫 수업부터 붓의 매력에 빠진 나는 끝까지 이 과정을 수강하기로 결심했다.

일주일에 한 번, 글씨를 배우러 가는 시간은 꿈을 이루는 것만큼이나 소중한 시간이었다. 수업이 있는 날은 남편에게 아이를 맡기고 오로지 나만을 위한 시간에 몰두했다. 업무가 많아 야근이 필요할 것 같으면 글씨 수업 시간을 확보하기 위해 더 집중해서 일을 마무리하고 학원에 갔다. 지금 돌아보면 그때의 나는 양보도 타협도 없이 문자 예술의 세계에 깊이 빠져들었던 것 같다.

내가 배운 글씨를 공유하기 위해, 때마침 시작한 블로그에 글씨 수업의 과정과 정보를 기록하기 시작했다. 정보는 나누면 커진다고 했던가! 사람들에게 글자의 아름다움과 유용함을 알리다 보니 한두 건씩 작업의뢰가 들어오기 시작했다. 심지어 '글자를 활용한 자신만의 글씨쓰기'라는 주제로 기업 강의 섭외까지 이어졌다. 당연히 이 모두는 전혀 예상하지 못했던 것들이다.

이제 육아와 회사 생활, 캘리그래피 수업을 병행하면서 의뢰받은 작업까지 소화해내야 하는 상황이 되었다. 본의 아니게 새벽시간까지 짜내야 하는 숨 가쁜 직장인이 되어버렸다. 내게 작업을 의뢰한 사람들은 주로 작은 가게를 시작하거나 간판이 필요한 사람들이었다. 폰트 글씨가 아닌 자형을 풀어낸 로고 디자인을 활용해 작업을 완성하고 블로그에 올리면 그것을 토대로 또 다른 작업이 들어왔다.

로고 디자인 전문은 아니었지만 글씨의 자형을 배우고 나니 어떻게 풀어내야 할지 해답을 알 수 있었고 그것을 감각적인 디자인으로 구현했다. 회사에서도 계속 새로운 일이 주어져 웹디자인 외에도 글씨를 디자인 항목에 넣을 수 있었다. 대학원에서 청강했던 브랜드 매니지먼트 수업 또한 글자를 활용한 로고 디자인 작업에 중요한 근간이 되어주었다.

그렇게 부지런히 작업한 결과물들은 블로그에 차곡차곡 쌓여갔다. 어느새 동료들은 내 블로그를 하루 일과의 하나로 애독했고 그리하여 회사 직원과 대표님까지 모르는 사람이 없게 됐다.

"해정 씨가 이런 일도 했네."

"회사 다니면서 투잡이라니 좋겠다."

호사다마라고, 이렇게 소문이 퍼져 나가면서 디자인팀 팀장은 나를 눈엣가시로 여기기 시작했다. 처음에는 재미 삼아 수다처럼 주고받던 동료들의 분위기도 달라졌다. 삼삼오오 모여 커피를 마실 때도 내 얘기를 했던 모양인지 내가 나타나면 순간 멈칫했고, 엘리베이터를 기다리던 사람들의 시선도 편치 않았다. 회식자리에서도 디자인팀 이해정 이야기가 심심찮게 돌고 있다는 얘기가 내게까지 들렸다.

늘 인정받으며 즐겁게 일했던 회사 생활은 블로그 때문에 타격을 입어 위험한 상황이 되었다. 그동안 한 번도 찍혀본 적 없는 나였는데, 결국 내가 나를 찍히는 상황으로 몰고 간 셈이다. 결코 선의로 읽히지 않는 나의 이야기는 어느새 모두의 가십거리가 되었고 이미 퍼질 때로 퍼져서 이제 와 블로그를 닫는다 한들, 없던 일이 될 수도 없었다.

아이러니하게도 이런 상황에서 나를 더욱 필요로 하는 곳도 생겼다. 바로 인사팀과 마케팅 홍보팀이었는데 그 부서에서는 글씨를 활용한 내 결과물에 만족해하며 팀 성과에 시너지를 더해주었다. 정작 디자인팀에서는 나를 어찌 할지 팀장이 골머리를 앓고 있는 것 같았지만.

상황은 점점 더 안 좋아졌다. 팀장은 미운털이 박힌 나를 업무에서 배제시키기 일쑤였고 과장된 소문으로 몰고 가더니 결국 사업팀으로 인사 발령을 내버렸다.

다른 팀으로 내쫓겼지만 나는 굴하지 않고 내가 좋아하는 일을 계속했다. 오히려 더 당당해졌달까. 그동안 회사에서 디자인 관련 교육을 제공해준 덕분에 나의 안목과 실력은 한층 업그레이드돼 나를 찾는 사람들이 늘었고, 나를 필요로 하는 기업의 의뢰전화와 메일도 쉼 없이 이어졌다. 어차피 블로그로 찍힌 거, 오히려 내가 정성을 쏟는 분야를 널리 알릴 수 있는 계기가 마련되었으니 어쩌면 상황을 은근히 즐겼다고 해야 할 것 같다.

그리고 마침내 퇴사 시점에 도달했다. 이제 진짜 내 일을 해야 할 때가 온 것이다.

그 사이 프리랜서로서의 삶과 방향을 구상했고 해야 할 일들도 구체화되면서 나는 퇴사를 결심했다. 그리고 지금껏 익숙히 보아온 장면의 재현. 동료들은 떠날 결심을 한 사람을 불안하게 지켜보며 저마다 말뿐인 걱정과 위로를 건넨다.

"이곳을 나가서 무얼 하려고, 앞으로 어떻게 먹고 살려고?"

회사에서 찍혀 퇴사를 결심한 내가 뒤늦게 안쓰러워진 걸까.

무릇 '사람은 떠날 때를 알아야 하는 것처럼' 나가야 할 때가 왔기에, 나갈 준비가 되었기에 나는 오히려 명예로운 퇴사를 하는 것 같아 벅차고 흥분되었다.

기업 디자인팀에서의 8년은 내게 많은 것을 주었다. 디자인팀 디자이너 명함에 걸맞은 작업을 했고 일을 하며 성과를 냈다. 대학원을 다니면서 브랜드를 이해하는 시각이 생겼고, 결혼과 출산을 통해 소중한 가정도 이루었고, 블로그 활동을 통해 미디어의 가치를 발견했다. 그리고 무엇보다 문자의 예술 캘리그래피를 배우고 그림을 그리고 예술의 세계를 확장시켜 나만의 디자인을 통합한 것은 가장 큰 수확이다. 나의 가치와 작업 영역을 더 넓힐 수 있었던 부분까지, 이 모든 것은 회사를 다니면서 얻은 것이다.

이렇듯 디자이너로서의 가치를 발견하고 발전하게 해준 직장에 나는 지금도 진정으로 감사하다.

나는 그림 그리기를 나의 꿈을 그리고 있다

vinecnt

하고 싶은 걸 하게 되니, 잘하는 것이 많아졌다

아침 출근을 위해 분주했던 시간들이 멈췄다. 지금까지 한 번도 경험한 적 없는 여유가 찾아왔다.

남편의 출근 준비를 돕고 아이를 학교까지 배웅한다. 집으로 돌아와 커피 한 잔을 위해 포트에 물을 올려놓고 기다리는 일마저 운치가 느껴진다. 오늘 하루가 아주 기대되는 순간이다.

꿈을 찾아서 쉼 없이 달려온 지난 10년을 돌아보니, 꾀부리지 않고 열심히 즐기며 일해 왔다는 생각이 들었다. 어떻게 하면 내 꿈을 실현할 수 있을까를 고민했고, 모르는 것 투성이였기에 하나라도 더 알고 싶어 열심을 내어 배웠을 뿐인데 그 시간이 축적돼 마침내 온전히 내 일을 할 수 있는 1인 기업을 만들어냈구나! 싶어 스스로가 대견했다.

퇴사하자마자 후쿠오카에서 3박 4일간 진행된 〈筆과 함께 한글 서예교류전〉 전시를 다녀왔다. 회사를 다녔으면 꿈도 꾸지 못했을

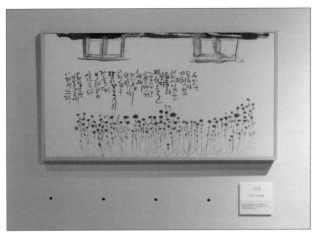

일본 전시였다. 캘리그래피를 시작하고 글씨에 입문하여 이제 겨우 내 글씨체를 쓰기 시작한 초보 작가였지만, 일본까지 가서 참여한 한글서예교류전은 일종의 퇴사 선물이 되었다.

〈筆과 함께 한글서예교류전〉의 주체는 해방 이후 한국으로 돌아오지 못하고 결국 일본 땅에 눌러앉아야만 했던 재일교포 할아버지들이었다. 우리말을 잊지 않기 위해 조선학교를 다녔다는 그분들은 이제 60세, 70세가 되었다. 이분들의 가슴에는 늘 조국애가 먼저였다는 이야기를 전시를 통해 만날 수 있었던 귀한 시간이었다.

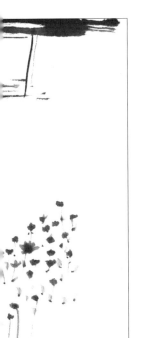

일본을 다녀오니 내가 귀국하기만을 기다렸다는 듯이 일거리가 가득 쌓여 있었다. 아무리 일이 많아도 이제는 회사 눈치 보지 않고 시간에 얽매이지도 않으면서 글씨를 폭 넓게 배울 수 있으니 좋았다. 캘리그래피의 매력이라면 누구나 자유롭게 개성 있는 글씨체로 표현할 수 있다는 것인데, 아마도 그 점 때문에 오랜 시간 동안 계속할 수 있었을 것이다.

다만 이런 자유로운 글씨들이 쓰이기까지 그 뿌리는 모두 서예 글씨에 있다. 그러니 아이디어의 모태는 서예 글꼴인 것이다. 전통 서예를 깊이 들여다보면 거기서 힌트를 찾을 수 있다. 힘이 있고 단단한 글씨를 쓸 때와 간드러지거나 자유로운 글씨를 써야 할 때, 획과 선을 어느 공간에 두고 글자를 다루어야 하는지는 모두 서예 의 글씨를 알아야 근본을 갖춘 창작 글씨를 쓸 수 있다.

글씨를 쓰게 된 지 10년이 지났음에도 나는 여전히 배움을 계 속하고 있다. 요즘도 인사동에서 일주일에 한 번 서예글씨를 배운 다. 서예의 종류는 무궁무진해서, 아마 할머니가 되어서도 전통글 씨를 배우면서 쓰기를 즐겨하고 있을 것 같다. 글씨를 연습한 화선 지로 빌딩을 세울 수 있을 만큼의 내공이 쌓이는 그날까지, 아마도 나는 멈추지 않을 것이다.

아는 게 없고 모르는 게 많아서, 궁금해서 찾아간 세미나와 글 씨를 배우기까지의 과정이 쌓여 내 일을 찾아 일하고 있다는 사실 이 참 신기하다. 몇 번을 물어봐도 답은 여전히 한가지다. 내 인생 에서 가장 잘한 일은 내 꿈을 발견한 것, 바로 내가 디자인을 하게 된 것이라고. 잘하는 게 하나도 없었던 내가 하고 싶은 것을 찾았 을 때 비로소 잘할 수 있는 것들이 많아졌다.

이해정은 부지런한 사람이 아니다. 다만 꾸준한 사람이다.

내가 하는 일이 즐겁고 좋아서 더 잘하고 싶어진다. 호기심 가득한 아이처럼 주변의 모든 것이 시종일관 흥미롭고 궁금하다. 나는 화려하고 유창한 말보다는 정성 들여 손으로 쓴 결과물로 보여주고 싶다. 작은 가게에서부터 거대한 브랜드까지 쓰이고 쓰임받아야 할 디자인, 그것이 내가 앞으로 계속해야 할 진짜 일이라서다.

오늘도 선을 그어 글씨를 쓰고, 물감을 풀어 그림을 그리며 생각해본다.

파워 블로거가 열어준
세상

        디자인팀에 입사한 지 어느덧 7년이 지나고 있었다. 육아 휴직 후 복직하고 보니, 회사 – 집 – 회사 – 집, 무한 반복되는 패턴에 삶이 늘어진 듯 무료해졌다. 이제 업무는 눈 감고도 할 수 있을 정도로 익숙했으니 도돌이표처럼 돌아가는 일상에 신선한 자극이 필요하다 싶었다. 때마침 블로그를 시작한 친구가 블로그 타이틀을 디자인해달라는 요청을 해왔다. 친구는 요리 블로그를 운영하고 있었는데 쉽게 만들 수 있는 떡볶이로 방문자 유입을 이끌게 되었다고 했다.

    "일기 쓰듯 써봐. 시작은 어렵지 않게 하는 거야."

    궁금해하는 내게 들려준 그 말에 귀가 솔깃해졌다. 하지만 블로그는 일기와는 달리 누군가에게 흥미로운 일상이나 유용한 정보를 알려주는, 소통을 목적으로 하는 공간이었다.

    친구와 헤어진 그날 저녁, 집에 오자마자 '싸이월드'에 저장해둔 소중한 사진과 댓글 몇 개를 옮겨와 블로그를 개설했다. 블로그에서 중요한 것은 사진을 예쁘게 또는 감각적으로 찍는 일이었다. 게시한 사진에 나의 생각을 옆 사람에게 말하듯 조곤조곤 쓰는 건 어렵지 않았다. 편하게 동네 이웃과 수다를 떠는 느낌이었다.

정말 중요한 것은 블로그에 본격적으로 올릴 콘텐츠에 대한 고민이었다. 처음에는 어떤 주제로 시작해야 할지 몰라 친구 따라 강남 가듯 나도 요리 콘텐츠를 발행했다. 시험 삼아 집에서 간단히 먹을 수 있는 토스트 만드는 과정을 찍었다. 사진 보정 후 요리 과정을 정리해서 발행하자 신기하게도 호응하는 댓글이 달리기 시작했다.

'맛있어 보여요. 간단해서 저도 도전해보고 싶네요.'

댓글 반응에 용기를 얻은 나는 평소 손맛이 있다는 주변의 칭찬을 떠올리며 조금은 으쓱한 마음으로 멸치국수 만드는 과정을 올렸다. 평소 같으면 휘리릭 뚝딱 한 그릇을 만들었을 테지만 요리 과정을 묘사할 사진 절차가 필요했다. 그릇 위에 재료들을 가지런히 정갈하게 놓고 이렇게 저렇게 배치를 달리하다 보니, 마치 요리 프로그램 방송 준비를 하는 기분이었다. 평소보다 더 맛있게 만들어 알려주고 싶은 마음에 흥이 절로 났다.

먼저 끓는 물에 소면을 넣고 삶았다. 물이 보글보글 끓어가며 소면은 탱탱한 면발이 됐고, 그걸 놓칠세라 사진에 담았다. 안경에

뿌연 서리가 끼고 얼굴엔 물방울이 송골송골 맺혔지만 개의치 않고 얼굴을 냄비 가까이 들이밀었다.

다음으로 계란을 부쳐 지단을 만들고 당근을 채 썰어 뽀얀 소면 위에 올려보았다. 테이블 위에는 꽃이 수놓인 하얀 식탁보를 폈다. '손님을 기다리는 식당 주인의 마음이 이런 걸까?' 혼자 보기에 너무 아까운 상차림이었다.

요리 과정을 사진으로 찍어 올리고 완성된 요리를 시식하는 장면들을 이야기하듯 간단한 설명과 함께 올렸다.

'이게 과연 맛있을까? 의아했는데 아이가 맛있게 먹어주었다. 아이가 작은 고사리 손으로 그릇을 잡고 그 안에 얼굴을 파묻은 모습을 보면서 까르르 웃었다. 그 모습도 놓치지 않고 찰칵 남겼다.'

금세 낯선 이들의 댓글이 달리기 시작했다.

'와! 정말 간단하게 만드시네요. 맛있어 보여요!'

사람들의 뜨거운 반응에 고무된 나는 블로그의 세계로 순식간에 빠져 들어갔다. 새벽에 일어나자마자 까치집 머리로 주방으로 달려갔다. 냉장고에서 샌드위치 재료를 꺼낸다. 싱그러운 느낌을 더하도록 빨갛고 노란 채소의 알록달록한 색감이 잘 배합되는 재료로 구성한다. 만족스럽게 완성된 샌드위치 옆에 아메리카노 한 잔을 곁들여 사진을 찍는다. 위에서도 찍고 옆에서도 찍으며 연신 구도를 바꿔본다.

블로그를 시작하자마자 댓글이 달리고 이웃들이 생겨나니 이보다 더 재미있는 놀이가 없었다. 자고 일어나면 방문자 수와 이웃 추가가 껑충 늘어났다. 콘텐츠를 발행하는 날이면 네이버 메인 페이지에 뜨는 요리로 소개되기까지 했다. 이웃 추가와 투데이 숫자는 날이 갈수록 고공 행진했다.

상황이 이렇다 보니 블로그를 애지중지하지 않을 수 없었다. 이제 주제는 요리뿐 아니라 일상과 맛집 탐방으로 넓어졌다. 방문지는 여행 콘텐츠로, 맛본 음식은 맛집 콘텐츠로 소개했다. 블로그 활동에 진심이었던 분이라면 누구나 십분 공감할 텐데, 그때의 나는 1일 1콘텐츠가 목표였기에 동네를 거닐더라도 '이거다!' 싶은 걸 두리번거리며 찾아내 사진 찍기를 멈출 수 없었다.

직장과 육아를 병행하면서도 어떻게든 새벽에 일어나 미리 요리한 사진에 글을 써서 올리는 열정적인 블로거의 삶을 자처했다. 누가 억지로 떠민 것도 아닌데 '매일 한 편의 글을 발행한다'라는 나 홀로 사명감으로 자투리 시간까지 탈탈 털어가며 블로그에 열을 올렸다.

쉼 없이 달려 꼬박 1년을 그렇게 살다 보니 어느새 파워 블로거가 되어 있었다. 마치 명예의 전당에 오른 듯 뿌듯한 성취감이 나를 내심 자랑스럽게 만들었다.

"어떻게 파워 블로그가 되었어요?"

주변 사람들의 질문에 솔직히 대답하자면, 딱히 내세울 만한 비결은 없다. 일상의 요리를 주제로 나눈 소소한 대화들이 나를 블로그의 세계로 이끌었다. '우리 아이가 좋아하는 메뉴네요. 간단해서 저도 만들 수 있겠어요.' 이런 식의 댓글을 주고받으며, 마치 또래 엄마들과 마주 앉아 시시콜콜 수다 떠는 화기애애함이 즐거웠다. 블로그의 세계는 나를 꼭두새벽에 일으킬 만큼 부지런하게 만들고, 무료한 일상에 폭포수처럼 쏟아지는 즐거움을 안겨주었다.

어떤 일을 즐겁게 하다 보면 행복한 자신을 보게 되는데, 그때의 활기가 일을 꾸준히 할 수 있는 동력을 만들어준다. '목표를 이루어야지, 잘해야지'라고 다짐하기보다 주어진 일을 경쾌한 걸음으로 실행하다 보면 어느새 원하는 목적지에 다다른다.

블로그가 유명세를 타면서부터, 이제는 좀 더 효율적으로 나만의 독창성을 가진 주제로 특화시켜야겠다는 생각이 들었다. 다음 단계로 나아갈 시점이 되었다는 판단 아래, 나는 본업인 디자인을 주제로 콘텐츠를 발행하기로 했다.

마침 당시는 캘리그래피를 배우고 있던 때라 그 과정을 차곡차곡 담아가면 나름 차별화된 주제로 컨텐츠를 축적할 수 있을 것 같았다. 나는 글씨를 배우게 된 과정부터 글씨를 쓰는 방법까지 세세히 기록하고 사진을 찍어 블로그를 발행했다.

완성도가 떨어진, 미성숙한 당시의 글씨들을 지금 보면 그때 내가 이런 글씨를 썼구나, 이런 디자인을 했구나! 싶어 놀랍고 부끄럽기도 하다. 그렇지만 과거의 기록을 삭제하지는 않았다. 시간의 흐름에 따라 성장하는 과정을 남기고 싶었고, 시작은 누구나 완벽하지 않다는 것을 있는 그대로 보여주고 싶기 때문이다. 완벽하지 않았지만 그 모습을 거쳐 지금의 내가 되었으니 말이다.

육아와 직장 생활을 병행하면서도 끝까지 고수했던 블로그 활동은 결국 프리랜서로의 출발에 근간이 되어주었다. 글씨를 쓰고 그림을 그린 작업이 상품에 입혀지는 과정을 사진 찍고 블로그에 기록하고 나면, 이후 다른 작업 문의가 들어왔고 새로운 일을 계속할 수 있었다. 든든한 1인 미디어로서의 역할을 톡톡히 해낸 것이다.

종종 같은 업종에서 일하는 사람들이 묻기를, 외주는 어떤 루트를 통해서 받는지, 일이 들어오는 경로는 어디인지, 영업하는 직원이 따로 있는지 등을 궁금해하는데 백 번을 물어도 답은 하나다. 내 경우, 모든 외주는 블로그 검색을 통해서 들어온다.

작업한 결과물, 패키지 디자인, 달력 디자인, 로고 디자인, 다수의 대기업 프로젝트 의뢰까지 모두 블로그 검색을 통해서 연결된다. 나와 연이 닿은 대부분의 고객은 블로그에 기록된 내용을 꼼꼼히 살피고 나서 '이 사람과 꼭 일하고 싶다'는 확신이 들었다고 했다. 혹시나 일정이 안 된다고 할까 봐 조마조마했다고 하신 분도 있다. 결국 아웃풋을 내기까지의 상세한 작업 과정이 블로그에 기록되어 있기에 그 내용을 살펴보고 나를 신뢰하게 된 셈이다.

나는 결코 처음부터 잘하는 사람이 아니었다. 다만 매일같이 열심히 콘텐츠를 구상하며 준비했고 그것을 꾸준히 실행에 옮겼을 뿐이다. 시간이 지나고 보니 내게는 더할 나위 없이 즐거웠던 작업이 한편으론 다른 사람들에게도 유용한 기록물이 되어 있었다. 영업과 고객응대를 친절히 해주는 든든한 직원, 블로그와 함께였기에 퇴사 결심도, 1인 기업 창업까지도 용기를 낼 수 있었다.

어느덧 프리랜서의 길을 걷게 된 지 10년. 블로그 활동은 나를 당당하게 홀로 서게 한 원동력이자 자산이 되어 주었다. 시대 변화에 따라 엄청나게 다양해진 미디어의 홍수로 사람들의 선호도도 달라졌다. 예전과 달리 블로그의 관심과 주목도 또한 현저하게 줄었지만 그럼에도 나는 기록을 멈추지 않을 것이다.

이 세상의 좋은 일들은 누군가의 꿈에서부터 시작되었다.
Every good thing in this world started with dreams.

원한다면, 그냥 다 하는 거예요.
Anything you want to, do it.

—영화 〈윙카〉의 대사 중에서

지금이
가장 좋을 때

평범한 직장인이던 내가 새로운 꿈을 꾸기 시작한 때는 스물여덟이었다. 지금 와서 생각해보면 그렇게 늦은 나이도 아니었는데 당시 서른을 앞둔 나는 한참 늦은 출발선에 섰다는 생각에 밤을 새며 진로를 고민했다. 꿈을 찾아 떠나야 할지, 안정이 보장된 이곳에서 나를 어르고 달래며 일해야 할지 갈피를 잡지 못해 방황하던 시간이었다.

남의 이야기가 아닌, 코앞에 닥친 내 인생을 놓고 재단해보니 결단을 내리기가 그렇게 어려울 수 없었다. 결국 나는 마음이 벌써 저만치 앞서 간 그 길을 따라가 보기로 마음먹었다.

쉽지 않은 결정을 내렸으니 꿈만 바라보며 달려야 했다. 어렵게만 느껴지는 공부에 늦은 출발이라는 조바심까지 더해져서 고군분투하는 내 자신을 감당해내기란 결코 수월하지 않았다. 꿈이 아름답다고 해서 그 꿈을 향해 달려가는 과정까지 모두 행복하고 달콤

한 것만은 아니라는 걸 절실히 알아가던 시절이었다.

남들은 여행가고 여가를 누리는 휴무일에도 일이 쌓여 있는 직장으로 출근했다. 밤샘 작업으로 새벽 5시에 청소 아주머니와 첫인사를 나누는 일이 다반사였다.

"오늘도 날 샜어?"

언제 새벽이 되었는지 체감할 새도 없이 촉박한 일정을 맞추어야 한다는 생각뿐이었다. 고통스럽고 힘겨운 날들의 연속이었지만 뒤늦게 찾은 소중한 내 꿈을 이루고 싶었기에 감당할 수 있었다.

그렇게 겨우 새로운 길에 적응할 즈음, 친구에서 전화가 왔다. 지인 중에 디자인을 배우고 싶어 하는 사람이 있는데 네가 경험이 있으니 선배 된 입장에서 얘길 좀 나눠달라는 것이었다.

나는 그 얘길 듣자마자 "난 반대일세"라고 했다. 스물여덟도 쉽지 않았는데 서른을 넘겨 시작한다니, 어린 선배들 비위를 맞춰가며 일 배우고 적응하는 것이 결단코 쉽지 않을 터라서였다. 혹시 우아하고 품격 있는 업종이라는 환상에 빠져 디자인을 동경하는 것은 아닐까. 현실은 결코 그렇지 않은데. 얼마나 단단한 각오가 필요한데 과연 마음의 준비는 되었을까. 그런 염려와 함께 나의 힘든 기억들까지 떠올라 그렇게 일언지하 부정적으로 대답했던 것 같다.

끝날 것 같지 않던 디자이너의 터널을 정신없이 지나오던 어느 날 문득 그에게 조언했던 기억이 떠올랐다. 그즈음 나는 업계 10년 차 베테랑이 되어 있었고 전보다 정서적으로 많이 안정되어 있었다. 그 때문일까, 누군가 다시 같은 질문을 해온다면 아마도 다른 조언을 했을 것 같다는 생각이 들었다.

어쩌면 그도 나처럼 치열하게 고민하고 내린 결정일 텐데, 누군가의 지지라도 받고 싶어서 매달렸을 텐데, 일거에 그 마음을 외면당했을 그에게 미안한 마음이 들었다. 서른이란 너무 늦은 나이가 아니라, 아직 미처 피우지도 못한 꽃다운 청춘인데 말이다.

76세가 되어 그림을 시작한 모지스 할머니는 《인생에서 너무 늦은 때란 없습니다》라는 책에서 이렇게 말한다.

"우리 인생은 참 살아볼 만하다고요. 정말 하고 싶은 일을 하세요. 신이 기뻐하시며 성공의 문을 열어주실 것입니다. 당신의 나이가 이미 80이 되었다고 해도요. 사람들은 늘 '너무 늦었어'라고 말합니다. 하지만 사실은 '지금'이 가장 좋은 때입니다. 인생에서 너무 늦은 때란 없습니다. 좋아하는 일을 천천히 하세요. 삶이 재촉하더라도 서두르지 마세요."

그렇다. 인생은 지금만 존재한다. 우리가 살아가는 시간은 언제나 지금이고, 처음이다. 가장 좋을 때에 꽃을 피우고자 한다면 서슴없이 그것을 하라고, 지금의 나는 그렇게 말하고 싶다.

마음속에
간직한 꿈을
꼭 기억해 주세요

2장
디자인 한스푼 이야기

꿈꾸지 않으면
아무것도 일어나지 않는다

일상을
디자인하다

'디자인 한스푼'

내가 운영하는 1인 기업의 이름이다. 십 년 전 처음으로 블로그를 시작하면서 블로그 간판에 새길 이름이 필요했다. 요리 레시피 콘텐츠를 발행하는 블로그였기에 요리에 감칠맛을 더해줄 이름을 구상하다 '한스푼'을 떠올렸고 일러스트레이터로 활동하면서 '디자인 한스푼'이 탄생했다.

그 이름을 표현한 그림인 로고는 소박하다. 갈색 도자기 찻잔에 붉은 꽃잎이 둥둥 떠 있는 그림을 몇 번의 붓 터치로 표현했다. 한마디로 꽃차 그림이다.

"어머나, 로고가 귀여워요. 꽃향기를 음미할 수 있네요."

주변에서 칭찬이 쏟아졌다.

찻잔에 뜨거운 물을 붓고 그 위에 어떤 꽃잎을 띄우는지에 따라 차의 향은 달라진다. 봄에는 유채꽃이나 수선화를 띄워 상큼한 봄 내음 한 잔, 겨울에는 붉은 동백꽃을 띄워 은은한 동백차의 향을 전하는 상상을 했다.

내가 하는 디자인도 그런 의미였다. 가게든 회사든, 그 고유의 향과 색을 우러내 전한다고 할까. 디자인 한스푼은 십 년이 지난 지금도 '이해정'이라는 사람이 작업하고 만들어낸 디자인 결과물을 대표하는 얼굴이자 일에 대한 나의 신념이다.

내 손으로 만든 명함을 내밀며 "제가 디자인했어요!"라고 전해 주면 받는 분이 명함을 자세히 바라본다. '자세히 보아야 예쁘다!'라는 시 구절이 생각날 만큼 유심히 보고는 한마디 한다.

"와! 명함이 색다르네요. 이름도, 그림도 너무 예쁜 디자인이네요!"

그럴 때면 공중 부양을 한 듯한 느낌이 든다.

'제가 디자인했어요!'라는 한마디에 상대는 신의 한 수라며 나를 치켜세우기도 한다.

감성 한스푼, 마음 한스푼. 주변에서 '한스푼'이 들어간 이름을 보면 내 생각이 난다고 한다. 어떤 회사에서는 '설탕 한스푼'이라고 상호를 짓기도 했다. 내가 만든 상호와 부제목에 앞 이름을 달리한 슬로건들이 눈에 띄게 많아지기 시작했다.

감각을 디자인하다. 마음을 디자인하다……. 자매 슬로건들이 출현했다.

'디자인 한스푼'의 로고 디자인을 보고 로고를 의뢰하시는 분들이 줄을 이었다. 디자인뿐만 아니라 가게 이름, 상호, 슬로건까지 맡겨주시는 분들 덕분에 내 전문 분야는 아니지만 내가 할 수 있는 방법으로 이름을 짓고, 단어를 나열해 슬로건을 만들어보기도 했다.

여수에서 떡을 만드는 사장님과는 7년 전에 인연을 맺었다. 작업한 걸 보여드리면 "굿굿 좋다. 예쁘다" 하며 만족하셨고, 바꾼 로고로 패키지 디자인을 바꾸었더니 여수에서 인기 있는 떡으로 이름나 불티나게 팔렸다. 지금은 여수를 대표하는 '서녹씨브랜드'가 되었다.

여수에 가면 꼭 먹어봐야 한다고 소문난 딸기 모찌가 서녹씨의 대표 상품이다. 손으로 치대 찹쌀을 반죽한 것에 딸기를 얹어 모찌 상품으로 판매하는데 하루 종일 매장 앞에 손님들의 줄이 끊이질

않는다. 여수의 대표상품이 된 딸기 모찌를 다시 디자인하면서 딸기를 품은 호랑이 캐릭터를 떠올렸다. 얼마나 맛있으면 호랑이가 품을 정도란 말인가! 호기심을 자극했는지 이것 역시 사람들이 좋아하는 인기 상품이 되었다.

디자인 효과를 톡톡히 보신 사장님은 새로운 상품이 또 출시되었다며 이번에는 상호, 슬로건, 디자인까지 모두 맡겨주셨다. 2026년 여수 섬박람회가 개최되는데 딸기 모찌에 이어 박람회를 겨냥한, 여수를 대표하는 식혜 상품이 그 대상이다.

이름하여 쑥섬식혜. 앞에 붙는 슬로건은 '여수를 제대로 담은'이다. 거문도가 쑥이 나는 섬이라는 데서 착안했다. '쑥섬식혜'라는 이름을 만들기 위해 내가 했던 노력은 의외로 단순하고 쉬웠다. 상대방과 이야기할 때 즉흥적으로 이름을 말해보고 그 어감과 발음이 좋은 것들을 순번으로 리스트를 만들었다. 낭만식혜, 봄봄식혜, 쑥쑥식혜……. 자다가 생각나면 휴대전화를 들어 떠오르는 명칭들을 메모해두었다. 보는 것 듣는 것마다 식혜 이름과 연결하여 문자를 조합하기를 여러 날 반복했다.

그중에서 최종 선택된 '쑥섬식혜'로 상품 디자인을 했다. 간결한 선으로 스케치해서 한 포기 쑥과 섬을 표현했다. 식혜를 담는 용기는 한 손에 쥐고 마실 수 있는 알루미늄 캔이다. 2026년에 여수를 방문한 사람들의 손에는 저마다 '쑥섬식혜'가 하나씩 들려 있

지 않을까 상상해본다.

얼마 전 아이 친구 엄마와 커피 한 잔을 하면서 명함을 받았다. 친환경 인테리어를 하는 분인데 명함의 로고는 아주 오래전 동화책 산속 마을에서 볼 법한 울창한 나무 한 그루가 전부였다. 그냥 못 본 척해도 될 텐데, 직업병이 도져서는 기어코 말을 해버렸다.

"친환경 인테리어라면 모던한 실내공간과 어우러져야 하잖아요. 간결한 선 몇 개로 나무를 디자인하면 세련된 느낌을 주어서 좋을 것 같은데요. 지금의 로고는 친환경 인테리어 회사를 표현하기엔 아쉬움이 남네요."

얼떨결에 그렇게 말해놓고 솔직히 걱정이 되었다. 기분 상하셨으면 어쩐다? 내심 조마조마했는데 뜻밖에도 내 말에 반색하며 공감해준다.

"그렇죠! 저도 로고 디자인이 늘 아쉽다고 생각했는데, 혹시 디자인하세요?"

그렇다 하니 대뜸 회사 로고를 작업해달라는 요청이 이어진다. 아이들 학원 올려 보내고 카페에서 무심히 나눈 대화가 어느새 각자의 비즈니스에 관한 주제로 바뀌었다.

제비가 박씨를 물고 온다더니, 일은 다시 새로운 일을 몰고 왔다. 로고 하나 바꾸었을 뿐인데 그 회사는 점점 더 성장해 친환경 페인트까지로 사업을 확장했다. 추가된 '친환경 페인트' 분야 디자인도 내가 맡았음은 물론이고, 나중엔 홈페이지 디자인까지 하게 되었다.

이렇게 디자인을 한 스푼, 한 스푼 넣은 지 십 년이 흘렀다. 작업한 로고 개수를 세어보니 컴퓨터 폴더에 남아 있는 것만 150개 정도 된다. 긴 세월만큼이나 많은 로고 작업을 하면서 다양한 이름들을 만났다.

밋밋한 음식에는 설탕이든 소금이든 간장이든, 한 스푼만 넣어도 감칠맛이 난다. 디자인 한스푼은 그런 의미다. 일상에 무언가를 한 스푼 가미하는 디자인. 그것이 회사의 얼굴이자 피부요, 표정이 되어 그 가게나 회사가 하나의 존재로, 대상으로 소비자에게 인식되는 것이다.

얼마 전 '샅'이라는 단어를 우연히 알게 됐다. 발가락과 발가락 사이 피부가 겹치는 작은 부위를 '샅'이라고 한다. '샅샅이'라고 말할 때의 그 '샅'이다. 틈이 있는 곳마다 모조리 살핀다는 의미다. 샅이라, 잘 보이지도 않는 이 작은 틈바구니에도 이름을 짓다니, 누가 이 단어를 만들었는지 모르지만 사물에 대한 애정이 느껴진다.

나도 그런 애정으로 디자인을 한 스푼 주려 한다. 별처럼 무수히 많은 가게 중에서 고유의 이름으로, 존재로 반짝일 수 있도록 특별함을 부여해주고 싶다.

오늘은 내일보다 더 빛날 것이다

아침 9시, 알지 못하는 번호로 전화 한 통이 걸려 왔다. 수화기 너머로 중저음의 남자 목소리가 들렸다. 사무적인 아침 분위기를 누그러뜨리는 온화한 톤이었다.

"저기, 작가님 달력을 구매한 사람입니다만, 작품 중 글귀 하나에 대해 꼭 묻고 싶은 게 있어서 연락을 드리게 되었습니다. 요즘은 달력을 나눠주는 곳이 없잖아요. 그래서 찾다가 우연히 작가님 작품을 보게 되었습니다."

남자는 작품 중 1월 달력 아래 적힌 글귀의 뜻이 명확하지 않아 내게 직접 묻고 싶어서 연락을 했다고 했다.

'오늘은 내일보다 더 빛날 것이다.'

전혀 예상하지 못한 남자의 질문은 당황스러웠다. '오늘은 내일보다 더 빛날 것'이라는 말에서 어떤 의미가 명확하지 않다는 것일까. 대개 이 문장을 읽은 사람은 그 자체로 공감하고 지나치기 마런인데, 이 문장에 시선이 사로잡혔다니 대체 이 물음에 나는 뭐라 대답해야 할까. 일상 관용어처럼 쓰이는 말이어서 글을 쓴 나조차도 크게 신경 쓰지 않았던 터라, 대충 적당한 말로 의미를 둘러대고 전화를 끊었다.

12월 아침 영하까지 떨어진 기온은 해가 떠올라도 오를 기미가 없었다. 20층 내 방 창문은 하얀 서리로 잔뜩 흐려져 있었다. 발끝으로 스미는 찬 기운을 밀치고 일어나 스토브에 불을 켜고 주전자를 올렸다. 물이 끓기를 기다리며 차를 준비하는 동안 머릿속에서는 내내 조금 전 남자의 말이 맴돌았다. '오늘은 내일보다 더 빛날 것'이라는 말의 의미. 멋진 뜻이겠거니 하고 별 생각없이 쓴 글씨를 음미해봤다.

흔히 내일이 더 나으리라는 기대로 산다. 오늘 힘들어도 참고 나아가다 보면 내일은 쨍하고 해 뜰 날이 될 거라고. 그런데 생각해보니 다가올 날을 기대하며 늘 참고 견디는 오늘이라면, 행복은 늘 면발치에 있을 것이라는 쓸쓸한 기분이 든다. 빛나는 내일도 좋지만 이왕이면 눈앞에 있는 지금, 내가 살아 숨 쉬는 지금부터 빛났으면 한다. 매일 맞이하는 '지금'을, 오늘을 최대한 빛내며 살아간다면 다가오는 내일도 반짝이리라.

오늘은
내일보다
더 빛날것이다

안목을
키운다는 것

　　나는 뭐 하나 잘한다고 말할 수 있는 게 딱히 없던 사람이었다. 특히 일상에선 그런 면이 다분했다. 예를 들자면 사진이 그러했다. 프레임 안에 풍경이든 사람이든 피사체를 넣고 버튼을 누르기만 하면 되는데, 찍은 사진을 보면 쓸 만한 게 없었다.

　　"한쪽으로 기울어졌잖아! 이건 발목이 잘려나갔네."

　　내가 찍은 사진 속 구도가 영 마뜩찮았던 친구들은 더는 내게 카메라를 맡기지 않았다.

　　언젠가 회사에서 강원도로 여름휴가를 갔을 때의 일이다. 수영복을 입지 않아도 된다고 해서 아무 생각 없이 흰 티와 흰 반바지를 입고 물에 들어갔는데 맙소사! 물에 젖고 나니 속옷이 다 비쳐서 동료들이 나를 포위한 채 탈의실까지 함께 가느라 진땀을 뺀 적도 있었다.

　　이렇듯 일상에서는 여기저기 빈틈 많은 허술한 편이었지만 일에 있어서는 유독 집요하고 악착같은 면이 발동했다. 디자인 시안에 어울리는 이미지를 찾을 때면 파일을 들여다보고 또 보다가 눈이 빠질 지경이었다. 이미지에 어울리는 색을 조합하기 위해 색 변환을 클릭하다 보면 늘 손목이 아렸다. 무한 검색과 끝없는 수작업은 탁월한 결과물을 만들기 위해 반드시 필요한 과정이었다.

캘리그래피 글씨를 배우기 시작하고부터는 글씨가 접목된 패키지 상품브랜드를 볼 때마다 매의 눈으로 분석하기 시작했다. 글씨의 두께와 모양과 선의 변화들이 상품과 어울리는지 평가하는 것은 직업상 버릇이 되었다.

"이 글씨는 어묵 패키지와는 조금 어울리지 않네. 어묵에는 담백하고 진하고 깊은 맛을 내줄 것 같은 진중한 글씨가 좋을 것 같은데……" 마트에서 장을 보면서도 혼잣말하기 일쑤다.

캘리그래피를 배우면서 내 눈은 섬세해졌다. 길을 지나치다 보이는 간판에 따라 '들어가고 싶은 곳'을 선택하기도 한다. '면채반'은 정성을 담은 가정식 냉면 칼국수 집이었다. 간판 글씨체에서 손맛이 느껴지는 진솔함이 묻어나 주저하지 않고 들어간다.

예능 프로그램을 볼 때에도 출연자의 말과 분위기에 따라 달라지는 자막의 서체와 크기, 모양의 다채로움을 주시하면 보는 즐거움이 더해진다. 방송인 전현무 씨가 했던 이야기 중에 인상적인 내용이 생각난다. 프리랜서 선언 이전에 그가 방송사 소속 아나운서

일 때는 동료를 대신할 업무가 많았고 실수도 잦아 경위서를 쓸 일이 많았다고 했다. 가뜩이나 바쁜 와중에 경위서 작성 시간을 절약하기 위해 그는 아예 탬플릿을 만들어놓고 그때마다 워드 파일을 골라서 썼다는 것이다. 파일은 상, 중, 하로 구별해 두었는데 중죄를 지었을 때 제출할 파일 '상'에는 궁체 폰트를 설정하고, 비교적 무겁지 않은 상황인 '중'에는 고딕 폰트를, 가벼운 실수에 쓰일 파일 '하'에는 흘림체 폰트로 설정해놓고 상황에 따라 골라 썼다고 했다. 그의 재치를 엿볼 수 있는 사례이기도 하지만 이건 내가 글씨로 표현하고 싶은 감정과도 유사하다.

　글씨를 관찰하고 표현 방식을 들여다보고 그것을 분석하는 과정을 반복하다 보니 서서히 변화가 일어났다. 사진에 있어서는 영미덥지 않아 하던 친구들이 언젠가부터 내가 찍은 사진은 느낌과 구도가 다르다며 내게 셔터를 맡겼다. 감각적인 디자인을 선별해 버릇하는 습관은 옷을 고를 때도 적용돼 때와 장소에 따라 옷을 선택하는 일도 어렵지 않게 되었다. 글씨를 쓸 때처럼 일상생활에서도 사물에 필요한 용도와 형식을 투영시켜 보니 무엇이 더 좋아 보이는지 더욱 예쁜지를 분별하는 안목이 생긴 것이다.

　글씨를 가르치는 수업시간에 수강생 한 분이 질문했다.

　"제가 지금 하는 일은 글씨를 잘 쓰지 않아도 되고, 관련도 없고, 무엇보다 글씨 쓸 일도 많지 않은데 그래도 글씨를 배워야 할까요?"

일리가 있는 말이다. 글씨를 잘 쓰지 않아도 먹고사는 데는 아무 지장이 없다. 그러나 글씨를 잘 쓰지는 못하더라도 좋은 글씨와 어울리는 글씨체를 알아보는 안목이 생긴다면, 그것이 일상의 어느 부분과 연결돼 삶을 더 유익하고 아름답게 가꾸어줄지 모를 일이다. 관심을 갖고 배우는 시간은 삶의 밑거름이 된다. 결코 헛되지 않다.

어느 날 금융권 사보의 표지디자인을 보았다. 표제에 쓰인 글씨가 기업을 대표하는 표지에 얹히기에는 적합해 보이지 않았다. 실처럼 얇은 글씨체는 안정감이 없어 보였고, 가독성 없는 흘림체는 단단해 보이지 않는 글씨다.

글씨를 쓴 사람도, 글씨를 선택한 기업의 담당자도 아쉬움이 가득했을 텐데. 캘리그래피는 못 써도 예쁘게 느껴진다. 그렇지만 적어도 담당자라면 예쁘고 아니고를 떠나 상품과 어울리는 글씨를 선택할 수 있는 안목이 필요하다.

내 아이는 태어나서부터 내 글씨를 보고 자랐다. 때때로 놀이 삼아 붓을 들어 자신이 쓰고 싶은 대로 획획 쓰고는 "엄마 잘 썼지? 나 잘하지?" 하고 자기 글씨에 만족한다. 그러던 아이는 어느새 "엄마 이 책자에는 자유로운 글씨체가 어울리겠고, 이 표지에는 컴퓨터 글씨가 좋을 것 같아"라면서 나를 놀라게 만들곤 한다. 어려서부터 귀동냥으로 이것저것 들었던 것이 학습이 되어 안목이 생긴 것이다.

일상에서도 안목을 넓혀가는 것이 필요하다. 안목은 글씨뿐만 아니라 삶을 살아가는 전반에 필요하기 때문이다. 나에게 안목이란 보는 것에 그치지 않고, 상황을 보고 읽어서 적절하게 반응하는 것까지를 의미한다. 사람의 마음을 들여다보는 안목, 어색한 분위기를 읽고 화기애애하게 풀어주는 안목, 좋은 것과 좋지 않은 것을 분별하는 안목과 식견을 갖춘 어른이 되고 싶다.

드라마
〈초인가족〉을 쓰다

붓으로 쓰는 글씨를 배우면서 좋았던 점은 글씨를 의도대로 쓸 수 있다는 것이었다. 붓은 내가 호령한 대로 써지기 마련이다. 요술 램프 주인이 말하는 대로 다 이루어지는 것처럼, 붓은 마법을 부린다. 귀엽게 써져라 하면 아이의 표정처럼 귀여운 글씨체 모양으로, 강렬하게 써져라 하면 시원한 물줄기에 올라탄 짜릿한 서핑 보드를 연상케 하는 글씨로 써지는 것이다. 이것이 붓이 주는 마력이다.

붓 작업을 통해 내 글씨가 상품으로 출시되어 세상 어딘가에 버젓이 자리하고 있다는 점은 감동이다. 간혹 마트에서 내가 쓴 글씨가 새겨진 상품을 만날 때가 있다. 즐겨 보는 드라마 제목에서 내 글씨체를 발견하기도 한다. 삶의 곳곳에서 내 글씨를 만나고 인증 샷을 찍으며 뿌듯해하는 일, 상상만 해도 가슴 벅차다.

캘리그래피 학원을 다닌 지 2년이 경과했을 무렵 '강사양성과

정교육'을 받을 수 있는 좋은 기회가 주어졌다. 그 과정에 합류해 분주하게 시간을 보내다 보니 나에게도 프로젝트가 주어졌다. SBS TV 미니 시트콤 〈초인가족〉에 쓰일 타이틀 시안의 제출이었다.

드라마는 이 시대를 살아내고 있는 우리 모두가 초인이라는 주제를 담고 있었다. 평범한 회사원, 주부, 학생들의 이야기를 웃음과 감성, 풍자를 통해 그린 미니드라마의 타이틀을 구현하는 작업이다. 내가 좋아하는 박혁권, 박선영 배우가 주인공이라니 더욱 설레는 작업이 아닐 수 없었다. 그렇지만 아직 글씨로 검증된 이력이 없는 내가 잘 쓰는 작가들과 경쟁해서 채택될 가능성은 거의 없어 보였다.

그렇다고 처음 주어진 프로젝트에 기권하기는 싫었다. 이런 난감한 상황에서는 잘 쓰는 글씨체 말고 다른 전략이 절실하게 필요했다. 드라마 주제에 걸맞은 글씨, 그들이 원하는 글씨체가 무얼까 생각하다가 드라마 제작진의 회의록 노트를 유심히 살펴보게 되었다. '초인가족'의 스토리와 등장인물을 살피니, 초인의 삶을 살아가는 현시대의 이야기를 재미있게 때론 진지하게 보여주는 드라마일 것 같았다. 낙서처럼 연필로 스케치해둔 글씨 콘셉트를 보자 감이 왔다.

가벼워 보이지 않으면서 적당히 두께감이 있는 부드러운 글씨체가 필요할 것 같았다. 나는 내가 파악한 구상을 종합해 가볍지 않은 묵직함, 궁체를 닮은 듯 정갈하면서 주목성이 있는 부드럽고 안정적인 글씨를 시안으로 제출했다.

　새해를 맞아 가족과 외식을 하고 있었는데 학원에서 전화가 왔다. 〈초인가족〉 제목 글씨가 나의 디자인으로 선정되었다는 소식이었다. 예상치 못했던 낭보에 그 순간 공공장소임을 잊고 "꺅" 하고 소리를 질렀다. 주위에 식사하던 사람들은 '왜 저래' 하며 눈살을 찌푸렸지만 그때만큼은 그조차 즐거운 추억의 한 장면으로 각인될 만큼 기쁜 순간이었다.

　다른 작가들보다 더 잘 쓸 수 있다는 확신이 없었기에 전략이 필요했고 그 전략은 콘셉트를 제대로 파악하는 것이었다. 누구라도 생각할 수 있는 가장 기본적인 것에 힌트가 있었다.

　창작을 할 때 중요한 단서는 화려한 기교나 기술에 있지 않다. 아주 가까운 곳에 또는 이미 만들어진 것을 눈여겨보고 찬찬히 들여다보면 새로운 발견을 할 수 있다. 〈초인가족〉 타이틀 선정은 창작은 결코 어려운 것이 아님을 처음으로 경험하게 해준 고마운 프로젝트였다.

영감은
노력의 산물이다

〈유퀴즈 온더블럭〉에 출연한 신우석 감독은 영감을 어디서 얻느냐는 질문에 이렇게 대답했다.

"그런 질문 많이 받는데요. 제 경우에 영감은 데드라인에서 얻는 것 같아요."

예술가의 거창한 답을 기대하고 있다가 지극히 현실적인 말을 들어서 의아했다. 하지만 곰곰이 생각해보니 맞는 말이다. 마감이 언제냐에 따라 몸이 움직이니까. 기한이 짧으면 촉박한 일정으로 일을 부랴부랴 진행한다. 반대로 기한이 여유로우면 그에 따라 몸이 늘어지는 경향이 있다. 웹 프로젝트에 투입된 사람들에게는 업무 철칙이 있는데 일명 '333 프로젝트'라 불린다. 구상은 3일을 넘기지 않고 디자인 개발은 3개월을 넘기지 않고 런칭은 3년마다 새롭게 한다는 얘기. 일정이 길면 아이디어가 샘솟지 않는다. 일의 즐거움보다는 완수해야 하는 의무감 위에 333이라는 일정을 만들어놓은 것이다. 결국 데드라인에서 '죽는 선'을 넘지 않으려고 일하다 보면 영감이 나오기 마련이다.

나의 경우 작업의 영감은 업체와의 미팅에서 얻는 편이다. 아니 꼭 얻어내야만 한다. 무엇보다 클라이언트가 만든 상품의 이야기를 들을 때가 가장 흥미롭다.

언젠가 떡집 사장을 만났다. 어떻게 떡을 만드시느냐 물으니 새벽 4시에 방앗간을 간다고 한다. 고객에게 맛있고 건강한 먹거리를 만들기 위해 사장님은 꼭두새벽에 제일 먼저 출근한다고 했다. 그런 까닭에 서녹씨는 6년간 지역 맛집 수제떡에서 한식 디저트 전문점으로 성장했다. 모찌를 판매하다가 여수를 찾는 고객들에게 원조 모찌를 각인시켜야겠다고 생각하셨단다. 찹쌀떡 하면 전래동화 속 '호랑이'가 생각나서 딸기를 사랑스럽게 품고 있는 캐릭터를 만든 얘기는 앞에서 언급한 바다.

영감은 가만히 기다린다고 해서 별똥별처럼 불쑥 떨어지지 않는다. 부지런히 살피고 뒤지고 발품을 팔아야 영감을 얻을 수 있다. 찬 바닷물에 뛰어들기 전에 준비운동이 필요하듯, 이 부분이 선행되어야 작업에 대한 열정이 불타오르고 일정이 촉박하더라도 즐겁게 작업할 수 있다. 일정이 느슨하면 일하는 몸이 먼저 알아채고 늘어진다. '에이, 며칠 있다가 하지' 하며 우선순위에서 밀어내는 것이다. 마감이 닥쳐오기 시작하면 부랴부랴 일을 쳐내기 바쁘고, 톰에게 쫓겨 구석에 몰린 제리처럼 조마조마해진다. 바위 덩어리만 한 압박에 눌려 결국엔 내가 이 일을 왜 맡았을까 하는 불평까지 하게 된다. 결국 시간이 많다고 좋은 결과물을 만들어내는 건 아니라는 얘기다.

한 해를 앞서 계획하고 작업하는 일 가운데 하나가 달력 만들기다. 싸늘한 가을날, 찌는 듯한 무더위를 떠올리며 작업에 몰두한다. 새해의 시작인 일월에는 다들 붉은 해가 뜨는 것처럼 새출발의 의미를 담길 원한다. 봄에는 만발한 벚꽃이 휘날리는 그림을 그려 넣고, 여름엔 시원한 바닷가에서 물놀이를 하고, 가을엔 형형색색 단풍으로 물든 세상을, 겨울엔 크리스마스 트리를 장식하고 눈 내리는 풍경을 담는다.

매년 계절감을 다르게 표현해야 하니 늘 새로운 영감에 목이 마르다. 내 안에 마르지 않는 생각의 샘물이 흐르기를 소망하며 작업에 돌입한다. 한 해는 바다를 그리고 낙엽을 그렸다면 다음 해에는 계절감을 달리 표현해야 하니 머리를 부여잡는다. 작품이 한 개라면 머리를 쥐어짤 필요 없이 여유만만이겠지만 의뢰한 업체별로 매해 스무 개의 작품을 표현해야 한다.

나에게 영감은 번개처럼 번뜩 떠오른다기보다 기존의 것을 다르게 표현하려는 시도에 가깝다. 익숙한 물감과 화선지 대신 판화지에 물감과 오일파스텔(크레용과 파스텔의 중간 정도 질감을 지닌 유성

엽서 한장에
그리운사람의 이름을 적어봅니다

의 미술도구)를 혼합하여 그림의 변화를 주어본다. 무심코 찍어둔 사진에서 그림의 소재를 얻기도 한다. 보고 만지고 들은 모든 것, 살면서 감각한 모든 게 작품의 원천이 된다.

작년 이맘때 영월에서 가을 캠핑했던 당시의 사진을 우연히 보게 되었다. '내가 이런 사진도 찍었네?' 싶었다. 자갈밭 위에 동그란 컵 세 개가 놓였다. 컵 속에는 토양 빛의 에스프레소가 담겨 있는데, 우물처럼 깊고 짙어 보였다. 컵 주변에는 가을볕에 물든 낙엽이 흐드러졌다. 커피와 낙엽이라. 햇볕이 따사로운 노란 은행나무 길을 걷듯 마음이 풍요로웠다. 커피에 비친 나뭇가지의 모습에서 가을을 음미해 11월의 이미지로 표현했다.

오늘도 나는 일상을 찍는다. 어떤 이유로든 내 기억의 창고에 담아두고픈 찰나의 장면을 찍는다. 길 위를 걷는 사람들의 발걸음, 귀여운 영아들이 선생님을 따라 아장아장 줄지어 가는 모습, 산 위에 뭉게뭉게 걸쳐진 구름과 하늘을 찍는다. 늘 똑같아 보이는 일상이지만 시선을 멈추면 색다르게 다가온다. 저녁노을 아래 귀가하는 사람의 발걸음에는 하루의 무게가, 때로는 기다리는 이를 향한 설렘이 묻어난다. 우물가에 던져진 조약돌처럼 내 안에 잔잔한 파동을 일으키는 어느 장면 앞에서 한참을 머무른다. 세상 한가운데 나를 열어두는 기분으로.

글씨는 기술이 아닌 마음의 표현

　　종종 서울 외곽에서 강의 요청이 들어온다. 수업하러 가는 길이지만 복잡한 도심을 빠져나갈 때면 마치 여행을 떠나는 기분이 든다. 여행은 설렘이기도 하지만 예상치 못한 낭패를 가져다주기도 한다는 걸, 인천 무의도를 향하던 어느 날 톡톡히 경험했다.

　　선착장에 내려서 섬에 들어가는 배를 타려는데 30분에 한 대씩 있는 배가 막 출발했다고 한다. 추운 겨울이 더 시리게 느껴졌다. 평일이라 사람의 온기도 없고 '표 한 장'을 사겠다는 말에 직원이 혼자냐며 피식 웃는다. 그 웃음에 나도 헛웃음이 새 나왔다. 아직 반도 못 온 것 같은데 담당자가 원망스러워졌다. 뱃길이 멀고 험하다는 말이라도 해줬으면 각오라도 단단히 했을 텐데 말이다.

　　추위에 너무 떨어서인지 30분이 이렇게 길게 느껴질지 몰랐다. 드디어 기다리던 출항 시간이 임박했다. 승객은 남자 세 명과 내가 전부다. 막상 배에 오르니 춥고 힘겨웠던 기다림은 푸른 바다를 보자마자 씻은 듯 사라졌다. 섬은 생각보다 멀지 않았다. 안내 방송도 없이 천천히 선착장 안으로 미끄러지듯 들어가 멈춘 바람에 섬에 도착했다는 것도 뒤늦게 알아차렸다. 배에서 내려 버스정류장으로 가보니 연수원으로 가는 버스가 막 떠났다 했다. 살을 에는 날씨에 30분을 또 기다려야 하다니!

도저히 혹한의 바람을 맞고 서 있을 수가 없어서 눈에 들어온 구멍가게에 들어갔는데 뜨거운 김을 내뿜으며 어묵이 펄펄 끓고 있다. 주머니에 현금이라고는 없고, 그림의 떡일 뿐인 눈앞의 어묵은 추위와 허기가 겹친 내겐 괴로움이었다. 어쩔 수 없이 강아지와 고양이 옆에 나란히 쭈그리고 앉아 하염없이 버스를 기다려야만 했다.

'오늘 하루 종일 일진이 좋지 않은데 강의는 괜찮으려나. 수업을 잘 마칠 수 있을까?'

30분이 지나서 버스가 도착했고 다행히 늦지 않게 강의장에 도착은 했지만, 몸은 이미 기진맥진이었다. 지칠 대로 지쳐버린 나와는 달리 청중은 허리를 꼿꼿이 세우고 내가 하는 이야기에 귀를 기울여주었다. 기다려준 마음, 경청해주는 그들의 눈빛에 얼어 있던 마음이 녹아내리는 기분이었다.

"평소에 쓰지 않았던 글귀를 써보세요. 글씨는 나 자신에게 또는 다른 이에게 선물이 될 수 있어요. 선물하는 마음을 써보세요."

내 말을 듣고 잠시 생각에 잠겼던 청중은 얼마 후 붓펜을 쥔 손을 연습 종이 위에 가까이 대고는 마음속에 간직했던 글귀들을 한 자씩 써 내려갔다.

'길을 가는 사람만이 닿을 수 있지'
'내가 바로 기쁨이다'
'호락호락한 여자라서 허락하는 게 아니오'
'변화는 있어도 변함은 없길'
'난 행복한 사람입니다'

마음을 다해 쓴 글귀 옆에 물감을 풀어 밑그림을 그려 나가자 여기저기서 환호성이 터졌다. 글씨에 그림이 더해지니 눈앞에서 마술을 부리듯 순식간에 작품이 완성되었기 때문이다.

글씨를 쓴 다음에는 은은한 수채화풍의 그림을 곁들였다. '길을 가는 사람만이 닿을 수 있지'라는 문구 옆에는 한 걸음 한 걸음 내딛는 발자국을 찍듯이 그려갔다. 앞을 알 수 없지만 어딘가를 향해 묵묵하게 나아가는 한 사람의 자취가 남겨진 듯 마음이 그림 속 발자국을 따라갔다.

'호락호락한 여자라서 허락하는 게 아니오'라는 문구에는 단호

하게 들리나 꽃처럼 아름다운 마음을 지닌 분이라는 걸 알아차릴 수 있도록 꽃 한 송이를 그려 넣어 화룡점정이 되게 했다.

완성된 작품들을 액자에 담아 서로의 작품을 한데 모으니 강의장은 작은 갤러리가 되었다.

"이걸 두 시간 만에 내가 했다고요?"

"내가 쓴 글귀 맞나?"

처음 경험에 어리둥절하면서도 다들 흐뭇한 표정이었다.

수업이 끝나고 열흘이 지나 내게 우편물이 왔다. 화장품 스무 가지를 챙기고 손편지를 동봉한 선물이었다.

강의 때 글씨 배운 것을 기억한 것인지 또박또박 쓴 편지에서는 감사의 마음이 고스란히 전해졌다. 어쩌면 그날 사람들은 글씨의 기술이 아니라 글씨를 통해 마음을 표현하고 전하는 법을 배운 게 아닐까.

온기가 담긴 글귀가 마음을 어루만지는 듯해 한참을 바라봤다. 한 글자 한 글자에 진심을 담았던 겨울 섬의 하루를 회상하면서.

한국의 아름다움을
담다

몇 날 며칠 하늘이 개기만을 기다렸다. 롯데타워가 한눈에 내려다보이는 위치에서 한강과 남산을 아우른 풍경을 담아내야 했기 때문이다.

꼭 그럴 때 있지 않나. 날씨가 심술을 부리는 그런 날. 맑아질 기미가 없어서 사진 한 장 건지지 못한 채 며칠을 헛걸음하다가 마침내 저녁 무렵 저물어 가는 붉은 태양과 그 뒤로 밀려오는 어둠의 기세가 어우러진 아름다운 풍경을 가까스로 찍을 수 있었다. 그렇게 건진 한 장의 사진으로 이번 프로젝트를 겨우 시작할 수 있었다.

롯데타워를 중심에 두고 주변을 스케치하는 데만 2시간이 걸렸다. 한강과 그 뒤로 펼쳐진 남산까지 그리고 나니 어느새 시간은 자정을 넘어가고 있었다.

50주년을 맞이한 기업의 서사를 롯데타워라는 상징을 통해 그림으로 표현해야 했다. 짧지 않은 세월을 압축적으로 표현하기란 결코 수월한 작업이 아니었다. 과거와 현재로 이어지는 이야기는 채색보다는 무채색으로 표현하는 것이 어울릴 것 같았다. 무채색은 먹의 농도로 밝음과 어두움의 깊이를 조절하는 것으로, 현재로부터 가깝고 또 먼 역사의 시차를 표현해내고자 했다.

작업이 중반부로 접어들 때쯤 담당 PD에게서 전화를 받았다. 50주년이라는 상징적인 이벤트였으니 그도 어지간히 긴장했던 모양이다. 지금까지 그린 걸 좀 볼 수 있겠느냐는 조심스러운 요청이다. 완성작까지는 시일이 필요했지만 서로 생각한 이미지가 다르면 완성해놓고도 문제가 될 수 있었기에, 내키진 않아도 사진을 찍어 작업물을 전달했다. 그리고 나서 얼마 후 전화가 왔다.

"작가님, 역시 최고세요! 저희가 생각했던 콘셉트로 정확하게 표현해주셨네요"라며 연신 감탄한다. 대단하고 멋진 작품이라는 칭찬이 거듭 이어진다.

덕분에 한결 마음이 가벼워져 자신 있게 붓을 밀고 나갔다. 어느덧 롯데타워 빌딩만을 남겨두었다. 롯데타워는 끝이 뾰족하게 모이는 붓모와 고려청자의 곡선을 모티브로 설계된 작품이다. 간결하면서 단순해 보여서 붓 터치 한 번에 그릴 수 있을 것으로 생각했던 것과는 달랐다. 가벼운 터치로는 타워가 가진 무게감과 진중함이 느껴지지 않아서 스무 번 이상의 붓질을 더해 완성했다.

이 작업을 통해 단순함에 담긴 많은 의미를 돌아보게 되었다. 단순함이란 어쩌면 복잡한 의미들이 선 하나로 면 하나에 축약된 것일 수도 있겠구나! 생각하게 되었다.

많은 그림을 그려보지 못한 내게 선 하나만 보고 50주년을 대표하는 그림을 선뜻 맡겨주었을 뿐만 아니라, 잘한다 최고다 믿는다 칭찬하며 프로젝트 기간 내내 응원과 격려를 아끼지 않은 롯데 표충영 PD께 감사를 전한다. 사람과 사람이 일할 때 서로 믿고 응원해주는 격려와 사랑이 작업자에게 얼마나 큰 시너지를 낼 수 있는지, 나는 이 프로젝트를 통해 똑똑히 배웠다.

꿈꾸지 않으면
아무것도 일어나지 않는다

내가 만일 다시 젊음으로 되돌아간다면

겨우 시키는 일을 하며 늙지는 않을 것이니

아침에 일어나 하고 싶은 일을 하는 사람이 되어

천둥처럼 내 자신에게 놀라워하리라

─구본형, 변화경영연구가

매년 1월 중순에서 2월 즈음이면 촘촘히 들어오던 일이 뚝 끊기곤 한다. 이른바 비수기다. 지금이야 매번 반복되다 보니 익숙하지만, 프리랜서 초창기엔 이 시기가 그렇게 불안할 수 없었다. 일이 끊기니 당장 수입이 끊겼고 한 달 생활이 빠듯해지기 시작했다. 여기서 더 큰 문제는 아무것도 하지 않으면 아무것도 하기 싫어진다는 것이다.

올해는 비수기를 잊을 만큼 바쁜 일정에 맞춰 시간을 보내고 있었는데 어쩐 일인지 한창 바빠야 할 5월부터 일정이 비기 시작했다. 블로그 또는 인스타에 업로드된 작업물을 보고 디엠이나 카카오톡 채널을 통해 업무 의뢰가 오면 이후 작업으로 연결돼 진행된다. 나를 필요로 하는 작업이 없을 때면 일상도 갑자기 멈춘 듯 공허와 허탈함이 찾아온다. 직장인에게 시간은 어떻게든 흘러가게 돼 있지만 나 같은 프리랜서는 스스로가 시간의 주인이어야 하는 숙명이 뒤따른다.

이 시기가 더욱 반갑지 않은 것은 나 스스로 누에고치처럼 움츠러들어 아무것도 하고 싶지 않기 때문이다. 바쁠 때는 시간을 쪼개 여행을 가고 매일 정해진 시간에 운동도 하는데, 정작 일이 없어 한가로운 때는 아무것도 하지 않고 누워만 있게 된다. 쉬어도 피곤하고 식욕도 없어지고, 그러다 보면 우울증이 나를 짓누르고 있다는 것을 알아차리는 순간이 온다.

그날도 어김없이 무기력하게 누워 있었다. 차일피일 미루며 할 일에 손도 대지 않고 있는 내 모습에 문득 '내가 우울증에게 지고 있구나!'라는 생각이 들었다.

'안 돼, 내 안에 있는 우울증을 이겨봐야겠어'라고 되뇌며 마음을 다잡았다. 그런데 신기한 것은, 생각만 했을 뿐인데 몸이 벌떡 일어나지는 게 아닌가! 생각이 마음을 지배한다는 말을 실감했다.

일어나서 제일 먼저 한 일은 청소였다. 팔을 걷어붙이고 고무장갑을 끼고 미뤄두었던 화장실 청소를 시작했다. 세제를 풀어 바닥과 벽을 닦으니 화장실도 내 마음도 묵은 때가 씻겨 나간 듯 반짝거렸다. 나는 집이 곧 작업실인데 일터가 깨끗해야 일할 맛도 생기지 않겠는가.

일이 없을 때는 평소 생각해두었던 굿즈를 만든다. 패브릭 포스터를 제작할 그림과 글씨를 포토샵 작업 후 사이즈를 조정해 인쇄될 파일을 업체에 업로드 한다. 전달된 파일은 상품으로 제작되어 완성된 결과물을 받게 된다. 시장 반응을 살피기 위해 필요한 샘플 제작은 일이 없을 때 하는 것이 제격이다. 제작된 상품이 도착하면 예쁘게 사진을 찍어 스토어팜에 정기적으로 업로드를 한다. 소비자들의 반응을 살피는 것은 물론, 추후 대량주문과 주문제작용으로 연결될 수 있기에 신상품이 개발되면 지속적으로 업데이트해야 한다.

평소에 그리고 싶었던 그림을 그리기도 한다. 한옥의 기와 끝에 펼쳐지는 자연, 제주도의 샛노랏 유채 풍경에 흠뻑 빠져 그린다. 평소 사용하지 않았던 과슈 물감과 오일파스텔을 혼합해 그려보기도 한다. 색이 선명하고 화사한 느낌이라 그림 안에 봄빛이 스며든 듯 했다. 종이의 재질을 바꾸어 채색해보는 것도 재미있다. 주로 쓰는 순지와는 달리, 우둘투둘한 판화 종이 위에 색을 칠하면 붓만 스쳐도 그림에 피부결이 살아난 듯하다. 이런 변화는 일이 바쁠 때는 절대로 할 수 없는 시도다.

'결국, 트렌드는 나 자신이 만들어가는 것이다.
고객은 내가 만들어놓은 것을 선택할 자유가 있을 뿐이다.'

일이 없을 때면, 익숙한 사고방식을 버리려고 노력한다. 새로움을 찾는 시간! 시간에 쫓기지 않고 이것저것 마음껏 시도하다 보면 어느새 창작의 즐거움에 빠져 있곤 한다.

불안과 우울에 잠식당하지 않도록, 스스로 찾아서 할 일을 하자. 그것이야말로 자신을 무기력함에서 꺼내 올리는 가장 빠른 방법이다.

여백이 없다면

"비어 보이는 것 같은데 배경을 꽉 채워주세요."

부채에 그림을 그려 넣는데 내 작업을 지켜보던 의뢰인이 이렇게 주문한다. 배경을 칠해버리면 애초에 계획했던 그림과 글씨의 구도에서 조화가 깨져버리는데 고객의 말을 들어야 할지, 아니면 작업자의 의도를 설명해야 할지 난감해졌다.

행사장에 초대된 고객은 VIP다. 고객 입장에서 생각해보니 배경만 칠하면 만족할 것 같은 기색이기에 요구사항을 반영해 전달해드렸다. 활짝 웃는 고객을 보니 안심이 되었다.

비어 있는 부분이 많아서 미완처럼 보이겠지만 사실 빈 공간을 남겨둔다는 것은 처음부터 의도된 것이다. 이것도 저것도 다 넣어 꽉꽉 채우겠다는 욕심을 내려놓은 것이다. 욕심을 내려놓기 위해 그림을 쪼개고 단순화시켜 하나의 간결한 형태와 선을 만든 것이다. 그러니 쪼개기까지 얼마나 많은 그림을 그렸는지를, 그 보이지 않는 과정을 생각해봐야 한다.

여백은 우리 삶에도 적용된다. 처음 이사 온 집의 공간을 떠올려보자. 집이 커 보였을 것이다. 지금은 꽉 채워진 물건들로 비좁게 느껴지지는 않는가. 이삿짐을 싸다 보면 구석구석에 웬 짐들을 그리 가득 쟁여두었는지, 누구나 한 번쯤 확인하게 되지 않던가. 인생에도 여백이 필요하다.

너무 복잡하지 않게 그려보자! 나무 위에 앉아 있는 새 한 마리, 놀이터에서 아이의 모래놀이를 지켜보면서 동참하는 아빠와 아이의 모습, 벤치에 앉아 담소를 나누는 노인의 뒷모습, 야채를 가득 실은 용달차, 일이 끝나 정리를 마친 낡은 리어카와 수레, 바람에 흔들거리는 버드나무 가지는 여백을 두고 그릴 수 있는 소재들이다.

화려한 기교를 부리거나 값비싼 재료를 쓰지 않더라도, 모두가 공감하고 즐거워할 수 있는 그림에 이야기를 담고 싶다. 여백을 본 누군가가 그곳에 자기 생각을 채워 넣고 소감을 얘기해준다면 그보다 더 즐거운 일이 어디 있겠는가.

'그림의 여백이 없다면, 음악에 쉼표가 없다면, 글에 행간이 없다면'

어느 미상의 작가가 쓴 글이다. 우리 삶에도 공간을 만들어놓고 천천히 생각하고 느리게 걸어보면 좋겠다.

그림에 빛이 없다면
음악에 쉼표가 없다면
글에 행간이 없다면

이중섭의 편지

아이가 어린이집을 가게 되면서 회사에 복직할 수 있었던 나는 바야흐로 워킹맘 대열에 합류하게 되었다. 육아와 회사 일을 병행하기란 생각보다 훨씬 힘들었지만, 이상한 것은 힘들수록 배우고 싶은 것들이 더 생겨난다는 것이었다. 앞서 이야기했던 것처럼, 이때 나를 사로잡은 분야가 캘리그래피다.

캘리그래피 수업은 일주일에 한 번이었는데, 그날만큼은 남편이 아이를 맡기로 했다. 그렇다 해도 아이가 먹을 밥과 반찬은 출근 전에 미리 만들어두고, 업무 또한 일분일초를 아껴서 일처리를 해놓아야 무탈하게 안심하고 학원을 향할 수 있었다.

직전까지 전투 모드로 달려온 하루는 캘리그래피 수업에서 붓을 손에 쥔 순간 다른 시공간으로 나를 데려다놓았다. 회사생활에서 받은 스트레스는 글씨 왕국이라는 신세계에서 눈 녹듯 사라졌고, 나는 모험가가 되어 흥미진진하게 곳곳을 누볐다. 마법의 빗자루 삼아 붓을 쥐고, 이 글자 저 글자를 여행하는 재미를 만끽했다. 이 시간이 얼마나 좋았는지, 처음엔 12주 교육이면 되겠다고 했던 것이 12주가 24주가 되고 어느덧 3년을 훌쩍 지나버렸다.

그렇게 글씨 쓰기에 매료된 나는 캘리그래피 회원전까지 도전해보기로 했다. 한 번도 경험해본 적 없는 전시였지만 전시를 준비하는 동안 글씨가 다듬어지면서 변화되는 과정이 흥미로웠다. 그렇지만 전시에 내보일 작품을 앞두고는 정말 자신이 없었다. 현저히 부족한 연습량을 보충할 시간을 내기 위해 점심시간을 줄여가며 틈만 나면 글씨 연습을 했다. 몇 날 며칠 밤을 새며 동이 틀 때까지 글씨를 다듬었다. 그렇게 꼬박 보름을 준비한 끝에 마침내 작품을 완성할 수 있었다.

작품의 영감은 《이중섭 편지와 그림들》에서 얻었다. 일본에 있는 가족에게 보낸 편지와 작품들이 수록된 이 책에는 사랑하는 아내와 두 아들을 향한 그리움이 처절하게 배 있었다. 그 애틋함이 붓끝에서 흘러나올 때면 나는 그리기를 잠시 멈추고 먹먹해진 가슴을 달래며 쉬어가야 했다. 《이중섭 편지와 그림들》 덕분에 '편지'는 내 작품의 모티브가 되었다.

아이를 키워본 부모라면 다들 공감하는 부분일 텐데, 아이를 돌봐주실 부모님이 가까이 계시지 않아 오롯이 혼자 감당해야 했던

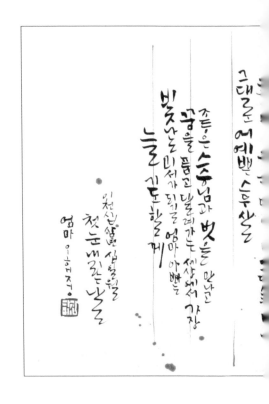

육아는 분명 힘에 부쳤지만 내 아이를 키우는 것은 더할 나위 없는 기쁨이다. 어른들의 대화를 다 알아듣는 듯 눈을 동그랗게 뜨고 고개를 까닥이며 맞장구를 쳐주는 모습은 깨물어주고 싶을 만큼 귀여웠다.

아이에게 동화《걸리버 여행기》를 읽어주던 때, 아직 글을 읽지 못하는 아이는 책 속의 그림을 보며 작고 통통한 입술을 달싹였다.

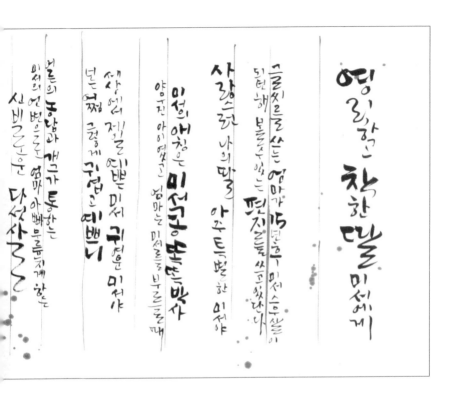

영리하고 착한 딸 미선에게

글씨로 쓰는 엄마가 되던 해 볼 수 있는 편지들 쓰고 싶었단다

사랑스런 나의 딸 아주 특별한 미선아

미선의 애칭은 미선공부 박사

양육진 아이였소 엄마는 미선을 부르를 때

넌 어쩜 그렇게 구엽고 이쁠니

생겨 절로 언뻔 미선 구다운 미선야

어른의 동당과 가득가 통하는 미선의 언번으로 엄마 아빠 무듭지게 하는

신비로운 다섯사고

구연동화를 해주겠다며 채 여물지 못한 발음으로 '이랬어요 저랬
어요' 하며 재잘거렸다. 마치 물방울 흐르는 듯한 그 소리가 귓가
에 흘러들어오면, 나는 구름 위를 걷는 듯 황홀했다.

그 아이가 어느새 5년 후면 스무 살이 된다. 이 작품을 전하게 될
그날, 아이는 엄마를 통해 어린 시절의 귀엽고 사랑스런 모습들을 들
여다볼 테고 우리는 그 기억의 소중함을 떠올리며 감격할 것 같다.

고추장을 담그고 싶은 날의
할머니

　　강남사회복지관에서 65~80세의 어르신을 대상
으로 캘리그래피 강좌를 열게 되었다. 어르신들께는 이 수업이 처
음이라서 적잖이 긴장했던 날이다. 첫 수업에는 글씨를 대하는 마
음가짐에 대해 이야기하며 편안하게 다가가려 했다.

　"김복례 어르신! 어떤 글씨를 쓰고 싶으세요?"

　"저는 그냥 글씨를 쓴다고 해서 신청했어요. 어떤 글씨를 써야
할지는 잘 모릅니다."

　아차, 첫 질문부터 어르신들의 취향을 벗어난 것 같았다. 모두
가 이런 대답들뿐이어서 바로 화제를 돌렸다.

　"김경진 어르신! 오늘 아침 기분이 어떠셨어요?"

　"저는 요즘 우울해요. 종일 집에만 있어야 하고 사람들을 만날
수 없으니 기분이 많이 안 좋아요."

　"저는 아이들이 이민을 갔는데, 너무 보고 싶어서 눈물이 나요."

어르신들은 담담하게, 숨김없이 자신의 상황과 현실을 솔직하게 내어놓으셨다. 꾸밈없는 이야기들에 그 마음이 깊이 공감되면서 동시에 애잔한 마음이 들었다.

"어르신! 집에만 있으면 우울해져요. 저는 하루에 두 번씩 산책을 나갔더니 기분이 좋아졌어요!" 하고 운을 띄우면서 글씨 과정을 시작했다.

"그럼 기분이 좋아지는 문장을 하나 써볼까요? 누군가 상냥한 목소리로 어르신께 산책 가자고 청하는 장면을 상상하면서 써보는 거예요. '우리 같이 산책 나갈까요?'라고요. 그러면 글씨를 쓰는 동안 마음은 정말 산책을 하고 있을 거예요."

"이번에는 어르신들이 '좋아하는 것'을 떠올려보세요. 뭐든 좋아요. 그리고 그걸 써보세요."

그러자 여기저기서 웅성웅성 서로 묻기도 하고 남의 것을 보기도 하면서 글씨를 쓰신다. 아무리 나이가 많다고 해도 인간은 태생적으로 무언가를 좋아하고 바라는 존재다. 살아 있다는 것은 무언가를 계속 원한다는 뜻이기도 하니까.

딸기, 불고기, 매운탕, 청국장, 아들, 드라마 보기 등 글씨를 써나가는 어르신들의 입가에는 어느새 미소가 한가득이다.

이번에는 어르신들께 감히 이루고 싶은 꿈이 무엇인지, 그것을 써보시라고 화두를 던졌다. 나이 들어서 무슨 꿈 같은 게 있어, 하면서도 얼굴에는 설레는 감정이 번져간다.

"햇볕이 베란다까지 들어왔기에 오늘은 고추장을 담그고 싶었어요."

"화분에 꽃을 심었는데 열네 가지 종류의 꽃이 오늘 다 피었으면 좋겠어요."

예순, 일흔, 여든의 꿈은 고추장 담그기, 화분에 꽃 피우기처럼 소박하고 따뜻했다. 방금 꺼내놓은 이런 꿈을 문장으로 옮기면 베란다로 들어온 봄볕처럼 따뜻할 거란 생각이 들었다.

수업 말미에 마지막으로 어르신이 지금 꼭 하고 싶은 말이 있다면 그걸 써보시라 했다.

"늘 일만 하시던 엄마! 보고 싶다."

그 문장을 보는 순간 나는 왈칵하고 감정이 솟구쳤다. 여든의 나이에 '엄마'라는 아이 같은 말이 그랬고, 곁에 없는 엄마를 그리워하는 노인의 외로움이 안쓰러워서였다.

나도 내 엄마가 많이 그리운 날이었다. 돌아가는 길에 전화를 걸어 엄마의 꿈은 무엇이었는지 물어보았다.

마음을 글로 쓰다 보면 깊은 슬픔과 우울함도 견딜 수 있을 만큼 옅어지는 것 같다. 글은 가장 먼저 자신을 향한다. 타인을 위한

위로와 감사는 그다음이다. 엄마, 보고 싶다는 어르신의 그 문장이
내내 머릿속을 떠나지 않는다.

아련하고 외롭지만 따뜻하고 아름다운 문장이다.

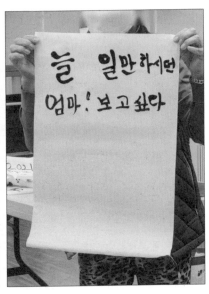

글귀는 마음을 움직이는 선물이 되고

혜화동에 위치한 서울대학병원 외벽에 생애 첫 작품이 걸렸다. 흔히 작품이라고 하면 갤러리 안에서 조명 아래 얌전하게 걸려 있는 장면을 상상하겠지만, 내가 그린 작품은 안이 아니라 밖에 걸려 있을 때가 많다. 그렇다 보니 전시장보다 거리를 지나다니며 풍경처럼 감상하게 된다.

출퇴근길이 될 수도 있고 문병을 왔다가 잠시 머문 차창 안에서도 감상할 수 있다. 맞은편 빌딩에서든 도로 건너편에서든, 고개만 돌리면 작품과 마주칠 수 있다. 내 작품은 얌전하지 않다. 건물을 박차고 나와 살아서 호흡하는 도심의 풍경이다.

'오늘도 네가 있어 마음속 꽃밭이다'

나태주 시인의 글귀를 캘리그래피와 그림으로 완성한 작품은 늦은 오후 사다리차가 고공 작업을 마친 끝에 첫선을 보였다. 내 그림에 대한 애정이 얼마나 컸던지 그날은 가족을 혜화동까지 불러내 기어코 작품 앞에서 인증샷까지 찍었다.

그때 옆을 지나치는 두 사람의 대화가 들렸다.

"팀장님이 제 마음속 꽃밭이에요. 저의 선물입니다."

그렇게 대화를 주고받으면서 얼굴 가득 꽃밭이 된 둘의 모습을 보니 덩실 어깨춤이라도 출 수 있을 것 같았다.

며칠이 지나지 않아 여러 사람들이 SNS로 메시지를 보내왔다.

서울대학병원 외벽에 걸린 나의 최초의 글판 작품. 글귀는 나태주 시인의 산문집 제목이다.

외벽에 걸린 작품을 검색하고 나를 찾아온 것이다.

'출근길에 작품을 보고 힐링했습니다.'

'작가님의 작품이 우리 동네에 걸리게 되어 기뻤어요!'

'길 가다가 걸린 작품을 보고 작가님 생각했어요.'

'좋은 작품 감사합니다.'

그 가운데 특별하게 기억에 남는 분이 서울 독산초등학교 교장 선생님이시다.

선생님은 혜화동에 볼일이 있어서 왔다가 작품을 보셨다면서, 그때 '오늘 이 작품이 나에게 선물을 주는구나!' 하고 감동을 받으셨다는 거다. 그러고는 초등학교 학교에 글판을 걸어야겠다는 생각에 연락을 주셨다.

보통 글판은 사옥 외부에 걸린다. 광고 효과를 기대한 회사에서야 흔한 경우지만 학교는 딱히 수요가 없는 일인데 왜 굳이 초등학교에 글판을 걸 생각을 하셨는지가 궁금했다. 이유인즉슨, 팬데믹이 시작되고 학교에 오지 못하는 아이들과 그런 아이들이 안쓰러운 부모들에게 내 작품으로 위로를 전하고 싶으셨단다.

스승이란 호칭이 너무 어울리는 어른이셨다. 나는 그 마음이 귀하게 생각돼 정성을 다해 작품을 완성해드렸다. 그렇게 내 글판 작품은 초등학교 외벽에까지 걸리게 되었다. 글판이 등장한 이후, 아이와 학부모들로부터 감사 인사가 쇄도했다. 따뜻한 선물을 받았

다고 좋아하는 사람들을 보며 작가로서 내 직업을 다시 생각해보
는 소중한 기회가 되었다.

글은 걸려만 있어도 전염성이 있다. 글에 마음을 담으면 보는
사람마다 마음의 온도를 느낀다. 글에서 느껴진 감동은 금세 다른
누군가에게로 전해지고 선물이 되어 돌아온다.

당신은 당신을
감동시킨 적이 있나요?

이번에 맡은 프로젝트는 무려 3개월짜리였다.

프로젝트 담당인 안 팀장님은 작품 의뢰 과정에서 전화 통화가 아니라 '인스타 DM'으로 메시지를 보내왔다. 그의 메시지에는 작업 방향과 의도가 적혀 있었는데 구체적으로는 두 가지였다. 먼저 작품을 보게 될 때 회사가 생각나고 '그때가 그립다'라는 마음이 들 것, 두 번째는 그림을 보았을 때 '아~ 이번에 우리 회사에 이런 저런 일이 있지'라는 것이 눈에 확 들어오도록 할 것이 요구사항이다. 표현하고 싶은 구상을 명확히 제시하고 작업이 아름답게 완성되도록 작가를 배려하겠다는 의도가 담긴 메시지였다.

"디지털 기기들이 우리 삶에 깊이 들어오다 보니 오히려 때로는 '사람의 손과 정성이 닿은 것'이 그리울 때가 참 많이 있더라고요. 그런데 작가님께서 작업하신 포트폴리오를 보니 그 모든 것이 충분히 표현되고 있는 것 같아 참 좋았습니다. 작가님이 이 모든 조건들을 잘 채워주는 것 같아서… 한 번 조심스레 제작에 대한 문의를 드려봅니다.”

메시지만 봐도 작업 분량과 콘셉트를 단번에 구상할 수 있었기에 실제 업무 미팅에서도 순조롭게 회의를 마칠 수 있었다. 안 팀장님은 함께 일하게 돼 기쁘다면서 내게 칭찬을 아끼지 않으셨다. '칭찬은 고래도 춤을 추게 한다'라는 말처럼, 작품을 진행한 3개월 내내 춤을 추면서 일했던 것 같다.

그렇지만 작업 도중 내 쪽에서 일정을 지키지 못하게 된 사건이 발생했다. 인쇄 직전에 폰트에 문제가 생겨서 멈춰야 하는 상황이 벌어졌고, 다시 수정 후 진행하면 5일이 지연될 수밖에 없었다. 그런데 안 팀장님의 반응이 의외였다. 고객사에 피해가 갈 수 있는 상황인데도 '괜찮다'면서 인쇄 전에 발견했으니 다행이라고까지 하시는 게 아닌가!

쥐구멍이라도 있으면 들어가 숨고 싶은 심정이었다. 아낌없이 칭찬해주고 격려해준 팀장님께 훌륭한 결과물로 보답하기는커녕 기한도 못 맞췄으니 찜찜함과 죄송함이 밀려왔다. 결국 연기된 날짜에 납품을 완료한 후 고맙다는 전화 인사를 끝으로 작업은 마무리되었다. 그런데 며칠 뒤 그가 작업실로 찾아왔다. 그리고는 작업을 잘해줘 감사하다며 작은 선물과 함께 손편지를 건넸다.

단정하고 정갈한 글씨체는 손글씨를 쓰는 나조차 놀라울 정도였다. 한 자 한 자 빼곡하게 정성을 다해 감사를 표현한 편지. 이렇게 정성 어린 행동으로 감사를 표현하는 분은 정말 오랜만이었다. 손편지를 처음 받아본 나는 그날 받은 '감동'을 지금까지도 기억하고 있다.

사는 동안 우리는 몇 번의 감동을 주고받게 될까. 감동은 전염성이 있어서 받은 사람이 또 다른 사람에게 감동을 전하게 된다. 누군가에게 감동을 준 적이 최근에 있었는지 떠올려본다.

문득 오랫동안 마침표를 찍지 못했던 일이 떠올랐다. 내친 김에 '돌에 글씨를 새기는 전각' 작업을 다시 시작해보기로 했다. 칼을 들고 이름의 선을 따라 돌을 파는 섬세한 작업은 나랑 맞지 않는다고 포기했던 작업이다. 그랬던 내가 돌의 표면에 그의 이름을 새겨 마음을 전하고 싶었던 걸까.

돌에 이름 석 자를 새기기 시작했다. 서툴다 보니 선을 비껴가기 일쑤였는데, 그렇게 되면 돌을 사포로 밀어서 표면을 깨끗하게 한 다음 다시 처음부터 새겨야 했다. 한참 칼질을 하다 보니 돌이 깨져서 더는 이름을 새길 수 없어졌다. 나는 새로운 다짐으로 다시 새 돌을 갈아 마음을 새겼다. 그리하여 마침내 완성! 십 년 동안 풀지 못했던 숙제를 마친 것처럼 후련하고 기뻤다.

이름을 새긴 전각에 손편지를 담아 그에게 택배를 보냈다. 며칠 후 답장이 왔다.

'작가님!! 택배 상자를 들고 사무실에 올라와서 조심스럽게 열어보는데…… 그 느낌 아시지요?^^ 어렸을 적, 크리스마스에 예쁜 포장지에 싸인 머리맡의 선물을 여는 느낌이랄까? 그 설렘이 이루 말할 수 없더라고요. 근데 그 설렘은 곧 마음의 울컥함으로 바뀌게 되었어요. 상자를 열어서 안에 담겨 있는 이름을 새긴 선물과 작가님의 메시지를 읽어 내려갔어요.

정성스러운 마음이 고스란히 느껴져서 눈물이 핑 돌더라구요.

오늘 비가 내리잖아요.

하늘도 울고, 저도 울고…….'

어느 부분에서 눈물이 났다는 것일까. 눈물까지 핑 돌게 만들었다고 생각하니 웃음이 나왔다. 감동의 시작은 그였는데, 정작 그는 내 감사를 당연하게 받지 않는 듯했다. 베풀면 다시 돌아오길 바라는 게 사람 마음인데, 대가를 바라지 않는 모습에 마음이 데워졌다. 그의 메시지를 한참이나 들여다보았다.

꿀벌 고객의
메시지

어느 날 삼척에서 양봉업을 하는 분으로부터 연락을 받았다. 그는 DM을 통해 자신이 하는 사업의 '상호명'이 필요하다며 요청을 해왔다. 내 부모님이 농사일을 하셨기 때문에 비슷한 일을 하는 사람들이 일을 의뢰해오면 괜스레 마음이 더 쓰인다. 요청대로 작업을 마치고 상호명이 인쇄된 스티커 인쇄물을 전달해드린 다음에 꿀 담을 병을 알아봐드렸다.

"사장님, 작업하다 보니 이런 병에 꿀을 담아서 제가 제작한 스티커 디자인을 붙이면 고객들이 좋아하실 거예요. 예쁘다고 더 많이 사실지도 몰라요."

그는 이렇게까지 알아보고 신경 써주었다며 고마워했다. 그렇게 얼마간 정신없이 바쁜 날이 지나고 한 통의 메시지를 받았다. 바로 그 꿀벌 고객이었다.

'안녕하세요. 일전에 스티커 작업을 의뢰했던 삼척에서 양봉하는 사람입니다.

추천해주신 병에 꿀을 넣어 스티커를 붙이고 판매했더니 모두 완판이 되었습니다. 작업을 잘해주신 덕분에 판매가 잘된 것 같습니다. 감사의 말씀 전합니다.

사실 삼척에 큰불이 나면서 집과 주변 농가가 모두 타버렸습니다. 키우던 동물은 물론이고 생태계에 있던 많은 동물들이 그날 하늘로 사라졌죠. 정말 막막하더라고요. 평생 동안 일궈온 터전을 하루아침에 잃는다는 게 말이죠.

하루하루 하늘에 정말 간절히 기도했습니다. 왜 이런 시련을 주었는지 원망도 많이 했죠. 그러던 어느 날 제 말이 들렸을까요? 어디선가 벌들이 하나둘 날아오기 시작했습니다. 그러다 꿀이 생겨나기 시작했고 판매할 수 있는 만큼의 양이 되었죠.

그러던 차에 작가님께 연락을 드렸고 꿀을 판매할 수 있도록 멋진 아이디어를 나눠주신 것이죠. 덕분에 모든 꿀을 판매할 수 있었고 산불로 어려워진 마을 사람들을 도울 수 있었습니다.

감사합니다.'

그 메시지를 받고 한동안 멍하니 서 있었다. 난 그저 조금 더 나아 보이는 방향으로 말씀만 드린 것뿐인데 이렇게 감사한 메시지로 돌아올 줄은 꿈에도 몰랐기 때문이다. 더구나 감사 인사를 바라고 한 일이 아니었던 터라 오히려 과한 칭찬을 들은 것 같아 송구스러웠다.

줄곧 돈 벌기 위해 일한다고 생각했다. 그러다 보니 가끔은 상대방의 감정을 읽지 못하고 눈앞의 목표들을 해치우는 데 급급했던 적도 있었다. 하지만 이번 꿀벌 고객님을 만나고 나서는 생각을 달리하게 되었다. 비록 내가 전달하는 것이 자그마한 것일지라도, 그것이 누군가에게는 희망이나 꿈을 움트게 하는 1할의 거름이 될지도 모를 일이니 절대 허투루 하지 말자고.

꿀벌 고객의 메시지를 읽고 흐뭇한 마음에 저녁 산책을 나섰다. 어둑어둑한 산책로를 따라 가로등이 달처럼 오롯하게 떠 있었다. 노란색으로 보이는 가로등을 가까이에서 바라보니 색이 오묘했다. 노랑, 주황, 녹색 등 다양한 색이 한데 어우러져 우리 눈에는 노란색으로 보이는 것이었다. 만약 자세히 살펴보지 않았다면 노란색만 보이는 세상에 살았을지도 모르겠다.

사람 사는 세상도 비슷하겠지. 각자 서로의 사연을 안고 각자의 색깔을 내비치며 사는 것이다. 할 수만 있다면 조금 더 그들의 색깔을 들여다볼 수 있는 사람이 되고 싶다.

트렌드란,
속도의 문제가 아니다

'새로운 일은 새로운 사람을 만나게 한다.'

브랜딩 작업을 할 때면 잊지 않으려는 나만의 명제다. 그래서일까. 나에게 무엇보다 설레는 일은 새로운 일을 만나는 것이다. 작업 형태에 따라 작업 방식과 결과물이 완성되기에 '새로운 일'을 만나면 어떻게 일하는지, 무슨 생각으로 만들어내는지, 의미를 질문하고 관찰하고 소통함으로써 작업 방향을 잡아 나가곤 한다.

부산에 있는 〈황민당 베이커리〉는 큐브 모양의 식빵으로 유명하다. 단순하고 흔한 빵처럼 보이지만 사장님 말로는 쉽게 만들어지는 것이 단 하나도 없다고 한다.

더 맛있게, 더 오랫동안 기억되고 더 많은 손님에게 각인시키려면 결국 '느리게'를 고집할 수밖에 없다. '느리게' 본질에 다가가는 것이야말로 사람들의 사랑을 받는 충분한 근거가 되기 때문이다.

느리다. 정직하다. 이롭다.

첨가제 없이 느린 기다림으로 매일 아침 빵을 만듭니다.

천연발효종으로 정직한 빵을 만듭니다.

속이 편안하고 건강한 빵을 만듭니다.

〈황민당 베이커리〉

웹디자이너 시절, 디자인팀 동료들이 나를 따라 글씨의 매력에 빠지자 팀장님은 불만 가득한 표정으로 내게 물었다.

"해정 씨는 왜 역행을 하고 있는 거지?"

웹 트렌드는 미래지향적인데 서예용 붓을 들고 화선지에 글씨를 써서 작업하는 방식이라니, 그 모습을 한심해하면서 뱉은 말이었다. 그러면서 덧붙이기를, 아날로그는 감성적이기만 하고 현실성이 없기 때문에 회사 일에 전혀 도움이 안 된다고 했다.

그 말은 반은 맞고 반은 틀리다. 물론 컴퓨터 글씨로 적합한 폰트를 선택해 디자인하면 얼마든지 속도를 낼 수 있다. 다만 폰트는 누구나 찾아 쓸 수 있는 글자여서 결과물에 독창성이 없고 비슷해 보일 수밖에 없다. 반면 붓글씨는 디자이너만의 개성과 독특한 글자를 창작하는 일이기에 창의적 작업을 기준으로 생각한다면 그의 지적을 받아들이기가 힘든 것이다.

십 년 전, 한 작은 카페의 상호인 '커피나무'를 캘리그래피 작업한 적이 있었다. 내게는 생애 첫 의뢰여서 참 많이 설렜던 작업이다. 그리고 시간은 훌쩍 지났다.

어느 날 예전 '커피나무'를 작업했던 가게 앞을 지나게 되었다. 아직까지 사라지지 않고 건재한 모습이 반가워서 '커피나무'를 검색했더니 세상에! 무려 2천 개가 넘는 거대한 프렌차이즈로 성장해 있는 게 아닌가. 홍대의 작은 카페로 시작한 '커피나무'는 십 년 사이 거목으로 성장해 있었다. 나의 첫 의뢰, 첫 작품 '커피나무'가 붓글씨였고, 이것이 트렌드의 대명사인 홍대에서 먹혔으니 내 글씨가 트렌디하지 않다는 비판에 정면으로 반박할 근거가 생겼다고나 할까.

나는 그날 트렌드란 무엇인가를 생각했다. 말 그대로 흐름이다.

그 흐름을 가만히 들여다보면 그 안에는 본류도 있고 지류도 있을 것이다. 어찌 보면 전체 중 일부일 수 있는 붓글씨가, 때로는 전체를 바꿔 놓기도 한다. 트렌드란 언제고 역전될 수 있는 것이다. 따라서 일부든 주류든, 가볍고 하찮게 보아서는 안 된다. 나는 그것이 창작의 자세라고 믿는다.

그림에도, 글자에도
온도가 있다

"그림이 너무 따뜻해서 연락드렸어요."

글씨를 쓰게 되면서 '선'을 배웠다. 굵고, 얇고, 휘어지는 선을 반복해 그리면서 선은 자연스러운 형태를 갖춘 그림이 되어갔다. 글자도 결국 선의 조합인 셈이니 글자를 그림이라는 범주에 놓고 봐도 잘못된 것은 아니라 생각한다. 글자도 그림도 선에서 출발하며, 선으로 완성되기 때문이다.

부족해 보이는 첫 작품을 SNS에 올렸을 때의 기분은 지금도 잊을 수 없다. 실시간 '좋아요'의 숫자가 올라갈 때마다 내 작품을 타인에게 인정받았다는 생각에 마음이 부풀어 올랐다. 그것은 단순한 설렘이 아니라 내 존재에 대한 자신감이었다. 그 마음을 시작으로 그림을 그렸고, 반응이 왔고, 작품 의뢰가 올 때마다 최선을 다했다. 작품이 거듭될수록 그림의 완성도 또한 높아갔다.

식상한 콘셉트에서 벗어나 새로운 디자인을 찾다가 연락했다는 고객이 있었다. 말은 그렇게 하면서도 내심 나를 믿어도 될까 하는 의구심 섞인 뉘앙스를 숨기지 않았다. 당연히 그럴 수 있다. 믿고 맡겼는데 의도했던 것과는 다른, 흡족하지 않은 결과물을 받게 되면 의뢰한 사람도 낭패일 테니 말이다.

그가 설명하는 이미지와 내가 이해한 이미지의 격차를 줄이기 위해 충분한 대화를 나누었다. 그 과정에서 작품 콘셉트를 구체화하는 내 방식에 그 또한 얼마간 마음이 놓였던 것 같다. 최종적으로 원하는 방향의 콘셉트 시안을 만들어서 오케이 사인을 받아 제작에 들어갔다. 결과물을 받아 든 고객은 "그림 속에 이야기가 있어요"라며 만족한 미소를 지었다.

그는 내 그림에서 무엇을 본 것일까. 작품은 하나지만 보는 이에 따라 이야기는 제각각일 수 있다. 그래서 작품은 예술로서 가치가 있는 게 아니겠는가. 나와 그의 이야기가 다를지라도 오히려 그래서 더 좋은 것이다.

고객은 내 그림이 따뜻하다고 했다. 아마 그는 그림에서 식어 있던 삶을 따뜻하게 데워준 어떤 장면을 떠올렸을지 모르겠다. 그렇다. 이야기는 달라도 추구하는 온도는 다르지 않다. 나는 내 그림을 통해 삶의 온도가 조금은 올랐으면 하는 바람으로 작업을 한다. 고객이 따뜻함을 느꼈다니, 그만한 보람이 없다. 그가 느낀 따뜻함

이 그림이 걸려 있는 동안 내내 변하지 않고 사람들에게 위로와 평
안을 주기를.

잘못했다면,
사과할 용기를 내야 한다

'삶은 그런 것이다. 그렇게 누군가에게 빌려주기
도 하고 빌려오기도 하는 것'

김미라 작가의 책《삶이 내게 무엇을 묻더라도》에서 본 글귀가
좋아서 내가 작업하는 캘린더의 글귀로 정했다. 책 속의 한 줄 문
장을 모았더니 정확하게 열두 달이 완성되었다.

글귀에 어울릴 그림을 그리고 새해 캘린더를 완성한 후 사진을
찍어 인스타에도 올리고 네이버 스토어에도 올렸다. 그리고 2주가
지났다. 어느 날 인스타 채팅창에 메시지가 떴다.

'안녕하세요? 저는 방송작가 김미라입니다.'

그렇게 시작된 메시지는 본인 글이 달력에 쓰인 것을 우연히
확인하게 됐는데, 저작권 허락을 받았는지를 묻고 있었다.

개인적으로 만든 캘린더이고 출처를 밝혔으니 '괜찮겠지'라고
생각했더랬다. 문제는 그것을 개인 스토어에서 판매를 했다는 것

이다. 보통의 경우 글의 출처를 밝히고 SNS에 올리는 건 괜찮지만, 상업적으로 사용할 때는 출판사 또는 작가에게 저작권에 관한 절차를 거쳐야 한다. 평소 저작권에서는 특히 신경을 썼던 내가 이번엔 왜 간과했는지, 일이 벌어지고 나서야 실수를 알아차렸다.

많이 창피했고 죄송했다. 그 즉시 서면으로 정중히 사과드리고 스토어에 판매되는 달력을 내렸지만, 내가 저지른 실수는 좀처럼 잊히지 않았다. 하루 종일 고민하다가 작가님께 조심스럽게 메시지를 보냈다.

'작가님, 사과의 의미로 캘린더를 보내드려도 될까요?'

내가 작가님의 글을 골랐던 이유는, 단순히 좋아서라기보다 다른 사람을 배려하고 위로하는 글에 큰 감동을 받았기 때문이다. 이렇게 좋은 글이라면 따뜻한 내 그림과 잘 어울릴 것 같았다. 그 마음을 보여드리고 싶었다. 내 무지함으로 인해 불쾌하고 불편했을 작가님 마음을 조금이라도 풀어드리고 싶었다.

하지만… 너라면 받겠냐?

예상대로 답장은 없었고, 이로써 거절 의사가 분명했지만 용기 낸 것을 후회하지 않기로 했다. 어쩌면 나를 또라이라고 생각했을지도 몰라. 무응답도 대답이니까 잊어버려. 스스로 오만 가지 경우를 상상하며 노심초사하기를 여러 날. 그런데 사흘 후, 세상에서 제일 반가운 답장이 왔다.

'사연이 많은 달력이 되겠네요.'

그러면서 캘린더를 받겠다 하셨다.

오 마이 갓! 그제야 마음이 놓이고 감사함이 밀려들었다. 거절할 것이라고 단정 짓지 않고 불편한 시간을 피하지 않았더니 이런 인연으로 이어진 것이다.

달력을 보낸 뒤 답장은 받지 못했다. 그럼에도 왠지 작가님 생각이 계속 났다. 마음을 표현할 방법을 궁리한 끝에 '김미라' 작가님의 이름을 돌에 새겨 전각을 선물했다. 한편으론 내 마음 편하자고 쉬이 놓지 못한 것이겠지만, 내 마음의 선물이 작가님의 불편한 마음을 조금이라도 누그러뜨리기를 바라본다.

살면서 잘못하고 실수한 일이 적지 않을 것이다. 용기를 내야 할 때 불편하다는 이유로 그 시간을 외면해버리면 얻을 것이 없다. 진심을 전하기 위해서는 어떤 것도 핑계 삼지 않고 정면으로 마주하며 통과해야 한다는 걸, 다시 한 번 배웠다.

재능보다
감사함으로 일하기

감사하게도 여러 번 작업을 의뢰하는 고객이 있다.

작가에게는 일관된 고유의 느낌이 있기 마련이라, 작품 활동을 하면서 매 작업마다 다양한 변화를 시도하기란 어려운 일이다. 물론 작업자는 끊임없이 변화를 시도하지만 결과물을 마주하는 사람들은 비슷하다는 인상을 받을 수 있다. 그럼에도 청송군 담당자는 내게 오케스트라 포스터 삽화를 네 번이나 의뢰했다.

한 번이 쉽지, 같은 주제로 네 번씩이나 아이디어를 쥐어짜야 한다는 건 사실 고역이다. 나를 믿고 작업을 맡겨준 분을 생각해서라도 무조건 신선한 작품을 만들어내야 해! 작업 요청을 수락한 날부터 내 머릿속엔 사명감과 의무감, 압박감이 뒤엉켜 밤잠을 설치기 일쑤였다. 그 모두가 작업자에겐 피할 수 없는 숙명 같은 것. 해답을 찾아가는 과정은 지난하지만 결국 아무렇지 않게 완성해내는 것이 내 몫이다. 부담이 컸지만 네 번째 작업을 완성한 후 담당자에게 감사 인사를 전했다.

'담당자님 또 연락 주실 거라 기대하지 않았는데, 이번 작업도 믿고 맡겨주셔서 많이 감사했어요! 그림 잘 그리는 사람이 많은데 다음 작업은 다른 작가에게 맡겨보세요. 제 작품만으로는 큰 변화가 없지 않겠어요?'

매번 작업을 맡겨주니 얼마나 고마운 일인가 싶으면서도 한편으론 왜 나를 계속 선택하는 걸까? 궁금한 마음에 건넨 말이었다. 그도 그 이유를 생각하는지 잠시 답이 없다.

'작가님이 변화를 주세요! 끊임없이 새로움을 위한 노력을 해주시면 될 것 같습니다!!!'

내 고민과 정확히 일치하는 말!

'대표님, 정답을 알고 계셨네요!'

'저도 예술을 하니까 같은 맥락이겠지요! 같은 음악도 누가 연주하느냐에 따라, 어떤 생각으로 연주하느냐에 따라 변화가 있고 달라지기 때문이에요.'

새로운 발상이란 어디서 오는 걸까?

평범하지 않은 시도, 부지런한 생각, 끊임없는 고민 속에서 새로움이 시작된다고 믿는다. 그래서 나는 익숙한 것에서 벗어나려는 습관을 갖기 위해 애쓴다. 언젠가 〈유퀴즈〉에 출연한 장나라 배우가 했던 말은 그래서 인상적이었다.

"아무리 최선을 다해도 스스로 느껴지는 연기의 한계에 부딪히게 될 때 속이 타들어가고 괴롭다. 한편으로는 이 재능마저 없었으면 여기까지 올 엄두를 낼 수 없는데 '감사하다'라는 생각이 들었다. 안 되는 걸 붙잡고 좌절하기보다는 동료들과 주변 사람들께 맡기고 묻고 구하면서, 앞으로 나아가야겠다는 추진력이 생겼다. 지금도 안 되는 것과 같이 가고 있다. 언제 지나갈지 모르겠지만 그래도 계속 가보려 한다."

누구나 난관에 부딪히기 마련이다. 나 역시 마찬가지다. 안 되는 일을 풀릴 때까지 잡고 늘어진다 해도 과연 끝이 날지 의문이다. 그럴 때 나는 힘 조절을 하곤 한다. 파도처럼 몰아치기보다 바위처럼 있어보려 한다. 담담하게 최선을 다하면서도 조급해하지 않는 것.

'시간이 지나면 해결될 거야.' 이 말에 의지해 나아가다 보면 낙숫물이 바위를 뚫듯 막힌 곳에 물꼬가 트인다. 뜻하지 않은 곳에서 실마리를 찾는 경우도 있다. 어딘가에 끼적여둔 메모, 저장해둔 사진을 보다가 머릿속에 전구가 번쩍 켜지는 순간을 만나는 것이다.

무엇을 보고 듣거나 경험할 때 '오호! 새로운 발견이다'라는 생각이 들면 그것을 놓치지 않고 메모하거나 캡처한다. 당장은 쓸모가 없을지라도 다람쥐가 도토리를 쟁여놓듯 저장해둔다. 길을 가다가도 포스터나 버스 광고를 보고, 이거다 싶으면 저장한다.

그동안의 기록을 앨범처럼 펼쳐본다. 8년 전 폴더에 저장된 이미지들을 찬찬히 넘겨보며 이번 작업에 어떻게 접목할지를 궁리하다 보니 대안이 떠올랐다. 오래된 저장물도 또 다른 새로움으로 발견하게 되는 것이 기록의 힘이겠구나, 생각했다. 지금까지 내게 주어진 재능으로 먹고살았다면, 지금부터는 나를 믿고 내 그림의 생명력을 알아봐주는 분들에 대한 감사를 무기로 장착해 더 나아가고 싶다.

내가 아니라 사람들의 시선으로 내 작품을 보려 한다. '감동이네! 마음이 따뜻해져. 행복이 밀려오는 것 같아'라는 메시지를 줄 수 있는 그림을 그리고 풀어내는 것이야말로 내가 할 일일 것이다.

2021
꿈의 오케스트라; 청송

음악을 통해 아이들의 꿈이 자라납니다.
음악과 함께 아이들이 성장합니다.

주최 | 문화체육관광부   주관 | 청송군청소년수련관   한국문화예술교육진흥원   후원 | 청송군

그것을 강하게
좋아할 수 있는가?

'나는 내가 좋아하는 것을 좋아하고, 당신은 당신이 좋아하는 것을 좋아하며, 예술은 우리가 좋아하는 것을 좋아하는 일이 몇 번이고 허용될 뿐 아니라 핵심 기술이 되는 장소다. 당신은 당신이 좋아하는 것을 얼마나 강하게 좋아할 수 있는가? 그 모든 것이 당신의 근본적 선호의 어떤 자취와 확실하게 융합되도록 얼마나 오래 작업할 용의가 있는가? 선택하고 또 선택하는 것. 그게 우리가 가진 전부다.'

—조지 손더스, 《작가는 어떻게 읽는가?》 중에서

나는 왜 그림을 좋아했나!

성공한 사람들은 좋아하는 것과 잘하는 것을 구분할 필요가 있다고 말한다. 다행스럽게도 나는 내가 좋아하는 것이 가장 잘하는 것이기에 구분할 필요가 없다. '그것을 강하게 좋아할 수 있는가?'라는 조지 손더스의 질문에 나는 격하게 공감한다. 나는 그림을 얼마나 강하게 좋아할 수 있을까?

비전공자였던 나는 학원 수업만으로도 그림에 대한 감을 찾은 것 같았다. 그려지는 선이 다양할수록 무심한 듯 펼쳐지는 불규칙한 자유로움에 이끌려 그림의 매력에 빠져들었다.

그림을 시작한 지 얼마 되지 않았던 때, 몇 점 안 되는 그림을 보고 첫 의뢰가 들어왔다. 모란에 위치한 파스타 가게였다. 나는 정성을 들여 피자 한 조각, 커피잔, 포크가 함께 있는 그림을 완성했다. 입간판에 쓰일 단순한 그림이었다.

완성된 결과물을 보신 사장님은 기쁨을 감추지 않고 좋아해 주셨다. 작업자로서도 얼마나 기뻤는지 모른다. 사장님은 이후에도

틈만 나면 내게 맡길 작업을 구상중이라며 나를 지지하고 응원해 주셨다. 첫 의뢰인을 떠올릴 때마다 미숙한 내게 어떻게 그런 일이 주어졌을까 싶은 마음에 감사함이 차오른다.

자신감이라고는 먼지만큼도 없었던 당시, 나는 아직 멀었어! 라고 스스로를 다그칠 때마다 뜻하지 않게 놀라운 작업이 주어졌다. 마치 우렁각시가 나 몰래 영업을 다니며 일감을 챙겨오기라도 한 것처럼. 그림을 그리기 싫을 때도 그릴 수밖에 없었던 원동력은 태산처럼 버티고 선 마감날짜였다. 내 일이란 만점짜리가 있을 수 없는 것이어서 그리고 그리기를 반복하는 것만이 방법이었다. 마감일 직전까지의 작업물 중에서 제일 맘에 드는 작품을 선택할 뿐이다. 그러니 노력은 기본 옵션일 수밖에. 나를 성장시킨 원천은 작업 의뢰였다.

그렇게 소소한 작업들로 포트폴리오를 차곡차곡 쌓아 갈 때쯤 말도 안 되는 작업이 주어졌다. 2018년 IBK 기업은행 캘린더 제작에 여러 분야(사진작가, 회화작가, 공예작가, 서양화작가 등) 작가들 가운데 '디자인 한스푼' 작품이 선정됐다는 소식이었다. 당시 기업 캘린더는 유명 작가를 선정해 한 해에 걸쳐 그의 작품을 고객에게 선보이는 것이 일반적이었다. 그런데 꿈에서조차 상상해본 적 없는 일이 내게 벌어진 것이다!

믿을 수 없는 행운을 받아든 나는, 내가 그린 그림과 글씨체, 직접 쓴 글귀들로 채운 작품이 고객에게 응원과 따뜻한 위로를 전하기를 바라며 한 장 한 장에 온 정성을 담았다.

기업은행의 캘린더가 소개되자마자 입수하려는 열혈 고객이 늘어났고, 칭찬과 감탄과 응원의 소리가 귓전 가까이까지 들렸다. 내게 일이 주어진다는 것은 내가 성장한다는 것이기도 하다.

그리고 2024년 1월. 서울을 그릴 수 있어서 벅찬 마음이었다.

뜬 눈으로 밤을 새우기를 여러 날. 끝이 보이지 않을 것 같았던 그림이 드디어 완성되었다.

서울의 명소를 그리는데 옛 생각이 새록새록 떠올랐다. 고즈넉한 광화문 돌담길, 서울시립미술관에서의 전시회 관람, 봄밤의 데이트를 꿈꾸던 이십 대 청춘의 어느 날이 스케치북 위에 펼쳐졌다. 그 속으로 걸어 들어가자 내가 거닐었던 거리의 풍경, 그때의 정취가 고스란히 되살아났다. 연필을 들고 스케치를 시작했다. 선을 그어갈수록 기억이 한 가닥 한 가닥 선명해지면서 그 장소를 거니는 듯한 착각이 들었다.

'아, 그때는 참 애틋했어. 야경이 아름다웠지.'

내가 느낀 밤공기, 시원한 바람과 풀내음, 별처럼 빛나는 야경. 서울의 아름다움을 화폭에 담아 전하고픈 마음에 시간 가는 줄 모르고 밤을 새워 가며 그렸다. 붓 터치를 더할수록 작품에는 그리운 추억에 진하게 배어들기 시작했다. 시청 광장에 모여 휘휘 스케이트를 즐기는 시민들의 경쾌함, 북촌의 한옥마을에서 색동 한복을 입고 거니는 관광객들, 유유자적 한강을 즐기는 이들의 느긋한 뒷모습, 한여름 밤 푸르른 청계천에 흐르는 시원함…….

서울의 풍경 자체가 아니라 그 속에서 감각한 정취를 표현하고 싶었다. 달리 말하면 추억을 화폭 위에 살려내느라 정성을 쏟아부었다. 열두 달의 그림은 몇 개월이 지나도 끝이 나지 않았다. 그리고 마침내 완성된 서울의 명소 일러스트를 내가 가장 잘할 수 있는 방법으로 표현했다. 보고 듣고 맛보고 만지고 거닐던 기억에 의존해 '내 인생 그림'처럼 마침표를 찍었다.

> 모든 걸 친절히 봐줘야 해.
> 나무, 새, 달, 개 등 작품에 그릴 소재들을 자꾸 보고 있으면
> 자기 체질화가 되고 거기에 동화되지.
> 그때 비로소 그 대상의 참모습이 보이는 거야.
> —장욱진展에서

내가 살아왔던 서울, 지금 살고 있는 서울, 내가 좋아하는 서울, 내게 희망이 되는 서울을 담아 전한다. 이제 그림을 마주하고 이 도시의 잊힌 기억 속으로 걸어 들어갈 사람은 당신이다.

북촌 한옥마을

광화문 책마당

광화문역사박물관

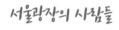

서울광장의 사람들

세상이 있어, 사람들이 있어서
행복한 세상이다
이제 꽃 필차네

마음을
움직이는 말

스승의 날 교수님께 전할 작품을 의뢰한 고객이 있었다. 그녀는 연신 작품에 신경을 써달라는 말을 거듭했다. 그만큼 소중한 분이라는 뜻이겠거니 생각했다.

그녀는 자기가 쓴 편지를 보여주면서 글이 어떠냐고 물었다. 편지에는 깨알 같은 글씨로 스승에 대한 추억과 감사의 마음이 적혀있었다. 편지를 읽으며 빙그레 미소 짓는 나를 보며 그녀가 말했다.

"감동을 전하고 싶어서요. 선물을 준비하는 제가 더 기쁜 것 같아요."

그 마음이 꽃같이 예뻐서 나도 스승에게 어울릴 글귀를 찾아보았다.

· 꽃이 피고 열매 맺는 제자가 되겠습니다
· 말 대신 삶으로 가르치시는

· 말이 꽃이 되는 것처럼
· 스승님 덕분에 인생의 아름다움을 발견했습니다
· 저도 고마운 사람이고 싶습니다
· 삶이 말이 되고 말이 글이 되는 것처럼 스승님처럼

편지야 고객이 고민할 부분이지만 감동을 전하고 싶다는 그 말이 나를 움직이게 했다. 그 진심이 얼마나 예쁘고 사랑스러운지 그녀가 맡긴 꽃 작품을 정성을 다해 그리다 보니 어느새 날이 밝아오고 있었다.

작업을 완료한 후에도 그녀의 진심은 진한 여운으로 남아, 나도 스승님께 편지를 썼다. 오랜만에 찾아든 감동이 사라질세라 나 또한 그 마음을 온전히 전하고 싶었던 것 같다.

예쁜 말이 좋은 생각을 이끌어내는 것처럼, 좋은 말은 좋은 글이 되어 누군가에게로 전해지는 것을 오랜만에 느껴본다.

치매야 놀자

내 삶은… 때론 불행했고 때론 행복했습니다.

삶이… 한낱 꿈에 불과하다지만… 그럼에도 살아서 좋았습니다.

새벽의 쨍한 차가운 공기, 꽃이 피기 전 부는 달큰한 바람,

해질 무렵 우러나는 노을의 냄새.

이 세상에 태어난 이상 당신은 이 모든 걸 매일 누릴 자격이 있습니다.

대단하지 않은 하루가 지나고 또 별거 아닌 하루가 온다 해도

인생은 살 가치가 있습니다.

후회만 가득한 과거와 불안하기만 한 미래 때문에 지금을 망치지 마세요.

오늘을 살아가세요. 눈이 부시게! 당신은 그럴 자격이 있습니다.

누군가의 엄마였고, 누이였고, 딸이었고 그리고 나였을 그대들에게…

　　　　- 드라마 〈눈이 부시게〉 중에서, 김혜자 낭독

〈눈이 부시게〉는 사라져가는 기억에 기대어 사는, 치매에 걸린 한 사람의 이야기로 많은 이에게 슬픔과 감동을 준 드라마였다. 몇 년 전 치매 병원으로부터 작업 의뢰를 받고 난감한 적이 있다. 치매라··· 익숙하지 않은 주제라 관련 자료를 찾다가 이 드라마를 떠올렸고, 마지막 장면에서 김혜자 배우가 내레이션한 글을 회상했다.

연락을 주신 분은 경북 김천에 소재한 요양병원의 책임자였다. 그녀는 병원에서 환자들이 생활하는 풍경을 그림에 담고 싶어 했다. 내 그림들에서는 따뜻한 정서가 묻어나 좋았다고 했다. 깔끔한 디지털 그림에 비해 붓으로 그린 그림은 무질서하지만 손맛이 있어 생명력이 느껴진달까. 그런 연유로 나를 찾았다고 했다.

작업비용이 얼마인지도 묻지 않고 집행 가능한 예산을 턱하니 맡기고는 작업을 청한다. 지금껏 나는 내가 그리고 싶은 장면이나 소재들을 찾아서 그리는 편이었다. 푸른 잔디 위에 누운 연인들, 화사한 꽃, 근사한 건물의 외관 같은 것들이다. 그런데 이번 작업은 그쪽에서 제공한 사진을 주제로 그려야 했다. 김천의 노인병원은 치매나 알츠하이머 어르신들이 주로 계신 곳이었다.

'내가 추구하는 그림과는 거리가 멀잖아. 우울한 모습은 그리고 싶지 않은데. 병상에 누운 노인이라든가 휠체어에 의지한 몸을 그림에 담으면 과연 아름다울까? 환자의 모습이 자칫 우울해 보이지

는 않을까? 축 처지지 않을까……?'

걱정이 꼬리에 꼬리를 물고 늘어져 마음이 무거웠다. 내가 생각한 요양원의 이미지는 아무래도 부정적이었으니까. 연로한 부모님이 의탁할 곳, 하늘나라로 가게 되는 곳, 인생의 마지막이 될 곳!

"요양원에 가지 않고, 잠자듯 하늘나라로 가고 싶다."

최근에 만난 어느 할머니의 말이었다. 보내야 하는 자식이나 가야만 하는 부모나 모두 하나같이 달갑지 않은 곳이 아니겠는가. 그런데 메일로 보내준 노인병원의 사진들에는 반전이 있었다.

병원은 울창한 숲 중턱에 자리 잡고 있었다. 병원 안으로 길게 난 길에는 꽃과 나무들이 줄지어 선 산책로가 펼쳐졌다. 동화 속 마을로 이어지는 오솔길같이 알록달록했다. 서쪽 언덕으로는 푸른색 정자가 보였다. 어르신들은 그곳에 삼삼오오 모여 담소를 나누었다. 드라마 〈전원일기〉에서 보던 그 장면. 머리가 희끗희끗한 어르신들이 동네 어귀에 모여 구수하게 이야기 나누는, 시골 전원의 풍경이 떠올랐다. 산책로가 갖춰진 옥상은 실내 생활을 하는 분들을 위한 공간이었다. 나무들과 텃밭을 옮겨온 듯했고 그곳에서 물을 주는 할아버지 모습이 보였다. 강아지를 보며 웃는 할머니들, 환자복 차림으로 벤치에 나란히 앉아 음료를 마시며 웃는 모습. 인간적 정서가 묻어나 그림에 담기에 좋은 풍경이었다.

어느 날은 병원에 행사가 있었던 모양이다. 소 잡고 돼지 잡는 동네 마을 잔치가 따로 없다. 프라이팬에 기름 두르고 뒤집으며 부침개를 만드느라 활기가 넘쳤다. 병원 앞에서 환자들과 의사, 간호사, 직원들이 모여 찍은 사진을 보았다. 사돈 팔촌이 잔치하고 나서 찍은 가족사진처럼 느껴졌다.

나는 사진에서 본 그대로를 그림 속으로 옮겼다. 정겹고 평안한 모습들에 미소가 절로 지어지면서 그림을 완성했다. 완성작을 본 담당자님의 목소리는 떨렸다.

"아름답게 그림으로 완성해주셔서 감동이에요!"

내가 작업한 그림으로 다음 해 달력도 만들었다고 했다. 그뿐만 아니라 병원에서 매년 열리는 전시도 진행했고 관계자분들과 환자 가족들, 병원 손님들이 그림 앞에서 웃음꽃을 피웠다고 했다.

이후 전국 각 병원에서 작업 의뢰가 쇄도했다. 전화기에 불이 난 듯 연락이 밀려들어 어안이 벙벙했다. 덕분에 그해 2021년은 그림 그리느라 밥 먹을 시간도 없을 만큼 모든 날들을 붓 그림을 그리며 보낸 것 같다. 환자복 차림 자체가 우울한 그림이 되지 않을까 우려했던 것과는 달리, 따뜻한 채색으로 구현된 병원 생활은 누군가에는 그리움과 추억을 회상하게 했을 것이다. 또 누군가에게는 앞으로 닥칠 현실이 암울하지만은 않다는 것을 전하며 위로해준 것은 아니었을지. 그림을 그려온 덕분에 틀에 박힌 시선으로 바라본 편견 하나를 깨끗이 지울 수 있었던 경험이었다.

3장
하고 싶은 거 하면서 살아요

내 앞에
붓만 있다면

붓을 들고 먹물을 묻혀 까만 선을 옆으로 가운뎃손가락만큼 그어낸다. 선을 반복해 긋다 보면 내가 칼퇴하는 모습에 눈살 찌푸린 팀장의 표정도, 아이와 남편 걱정도 사라진다. 하루 동안 복잡한 상황에 따라 일희일비했던 감정들을 붓질에 담아 토해내면 화선지는 묵묵히 받아준다.

까맣게 그은 선들을 보고 있으면 어느새 온갖 시름은 사라지고 평안함이 찾아온다. 이 순간만큼은 붓이 내게 위안을 준다.

힘을 풀어 약하게 긋는 선은 바람에 이리저리 흔들리는 유연한 갈대 같다. 사람으로 치자면 신중하게 생각하고 사려 깊게 말하는 상냥한 모습이랄까.

힘의 완급을 조절해가며 그어보는 투박한 선은 시골의 수줍은 총각처럼 해맑다. 한 자루의 붓이지만 이처럼 힘 조절에 따라 표현되는 감성은 제각각이다. 붓의 매력은 바로 이런 것이 아닌가 한다.

이번에는 강하게 힘주어 한 번에 획을 긋는다. 붓이 밀고 나가는 필체에서 시원함과 해방감을 느끼는 것은 꼭 예술에 대한 조예가 깊은 사람만이 느끼는 감정은 아닐 것이다.

먹물의 색을 가만히 들여다보면 새까만 밤하늘이 생각난다. 점을 찍고 선을 이어나가면 별빛이 콕콕 박혀 있는 모습이 연상된다. 어릴 적 밤하늘을 올려다보며 은하수 별자리를 찾으려 했던 기억이 있다. 별을 따라 손가락을 움직여 갈 때 손끝에서 쉽게 만났던 별자리가 북두칠성이었다.

하늘을 향해 고개를 든 아이들의 뒤통수가 보이고 저마다 손을 들어 별자리 찾기가 시작되면 괜스레 경쟁심이 생겨 조바심이 났다. 이때 어디선가 누가 "찾았다"라고 외치면 실망이 됐다가도 그 아이가 가리키는 손가락을 따라 일제히 시선을 옮겼던 어린 시절의 기억. 이제는 하늘의 별자리 찾기 같은 건 하지 않지만, 하늘처럼 하얀 종이 위에서 붓길을 그려가는 일을 한다.

붓을 잡고 별자리 선을 그어본다. 점이 되었다 먹물이 화선지에 퍼지는 순간 별똥별이 되었다가 어느새 반짝이는 별이 되기도 한다.

'내 앞에 붓만 있으면 더 바랄 게 없답니다.'
―모드 루이스, 화가

붓을 잡았을 뿐인데 마음이 시키는 대로 움직이는 붓의 느낌은 행복이었다.

내 손이 더 자유로워지면 다음에는 따뜻한 봄을 상상하며 초록한 풀잎들을 그려보고 싶다.

숨은 그림 찾기

짧은 봄이 지나고 막 여름이 시작되려 하고 있다. 벌써 후텁지근해진 5월의 첫 주말, 글씨 스승이신 김상희 선생님께서 오랜만에 카페에 나가 수업을 하자고 하셨다. 우리는 젊음의 생기와 운치가 조화로운 연남동으로 향했다.

오전 10시인데 이미 젊은이들로 북적이는 거리. 우리는 줄을 이룬 행렬을 따라 연남동의 낮고 비좁은 골목으로 들어섰다. 골목 위로는 파란 하늘이 펼쳐져 있다. 이 길을 꺾으면 무엇이 나올까 하는 설렘을 안고 골목을 걷다가 작은 초록문이 인상적인 카페로 들어섰다.

"햇님, 오늘 커피는 내가 살게."

선생님의 목소리가 아이처럼 상냥하고 들떠 있다. 그 말에 덩달아 기분 좋아진 나도 맞장구친다.

"그럼 저는 따뜻한 아메리카노 한 잔 마실게요."

선생님은 평소 이름 대신 나를 '햇님'이라는 애칭으로 부르기를 좋아하셨다. '햇님' 듣는 이도 불리는 이도 기분 좋은 애칭 아닌가. 누군가 나를 햇님이라 불러줄 때면 속에서부터 따뜻하고 다정한 무언가가 흘러넘치는 기분이다.

"햇님은 왜 늘 그것만 마셔요? 오늘은 좀 다른 걸 먹어봐. 세상에 맛있는 게 얼마나 많은데. 경험할수록 그만큼 보이는 거예요. 괜찮지?"

선생님은 그러면서 라테와 달달한 비엔나커피를 권하신다.

실은 누가 산다고 하면 괜히 눈치 보이고 미안해진다. 다들 그런 마음 아닌가 싶다가, 아니 나만 그런 건가 싶기도 하고. 아무튼 누가 내 몫을 계산한다고 하면 최대한 부담되지 않는 메뉴를 고르려다 보니 결국 아메리카노만 한 것이 없다. 아마 선생님은 이런 나를 너무 잘 알고 계셨던 게지. 글씨를 가르쳐주실 때도 그랬지만 일상에서도 때론 못 이긴 척 받아들이는 상황을 연출해주신 것 같아 그 세심한 마음에 작은 감동이 밀려왔다.

주문한 라테 한 잔이 테이블에 놓인 순간 멈칫 했다. 라테아트의 기본인 잎사귀 모양을 연상했는데, 그 사이 트렌드는 또 얼마나 빠르게 바뀌었는지 찻잔에는 귀여운 캐릭터가 둥실 떠 있다. 작고 사소한 변화지만 작은 것이 주는 기쁨은 적잖이 컸다.

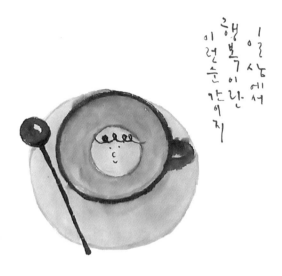

일상에서
행복이란
이런 순간이지

   그날 이후 나도 커피 습관을 바꾸게 되었다. 아메리카노 한 잔에서 서리태라테, 옥수수라테, 흑임자라테 등 새로운 메뉴를 탐색하느라 조금은 들뜬 기분이 되었다. 익숙한 것만을 고집하던 내가 이것저것 궁금해하고 시도해보는 소심한 적극성을 갖게 된 날이었다.

   오늘과 내일, 매일 펼쳐지는 하루는 얼핏 다 같아 보이지만, 다르게 보고 다른 것을 취하는 순간 그 평범했던 하루엔 작은 균열이 생기고 다름의 기쁨이 찾아오기도 한다.

잘 웃으니 좋네

직장 사수는 종종 내 웃음소리를 따라 하고는 했다. 나는 밖으로 호탕하게 터지는 웃음을 웃는데 아무래도 시원하게 웃어젖히는 모습이 재밌게 보였나 보다.

그러고 보니 언제부터 이렇게 웃게 됐을까. 분명 이런 웃음을 타고난 건 아닐 텐데, 아마 사회생활을 시작하면서부터 만들어진 웃음이 아닐까 생각해본다.

웃음만이 아니다. 나는 대개 온몸으로 말하는 편이다. 상대의 말에 박자감 좋게 고개를 끄덕여주고, 웃음으로 잘 듣고 있음을 표현한다. 상대방의 말에서 무게가 실린 단어는 놓치지 않고 바로 받아 반복해주면 내가 집중하고 있음을 상대도 백퍼 공감한다. 이제 '네 말 잘 듣고 있어'라는 의미의 미소는 생각지 않아도 반사적으로 나온다.

시원하게 웃으면 상대도 마음을 열고 쉽게 다가온다. 그러면 주고받는 대화가 물 흐르듯 자연스러워지는 것은 말할 것도 없다. 순전히 내 기준으로 조금 과장하자면, 사람 마음을 얻기 위해 물질적인 선물을 하는 건 가장 하수가 아닐까 싶다. 진심으로 웃고 상대의 말에 호응해주는 것만으로도 이미 상대는 마음을 열고 다가올 준비를 하는데 말이지.

잘 웃는다는 것, 내게는 너무 쉬운 것이 다른 사람들에게는 의외로 어려운 일이라는 이 간극을 처음에는 잘 이해하지 못했다. 그런데 생각해보니, 잘 웃는 것으로 관심을 받는다는 건 우리가 자주 웃을 수 없는 환경에 살고 있다는 방증이 아닐까?

내 웃음은 아름다운 사람을 만나고 돌아오는 길에 생각나는, 그런 환한 웃음이면 좋겠다. 그에 더하여 공감과 위로, 격려가 담긴 따뜻함과 사랑이 느껴지는 웃음이라면 더할 나위 없겠다.

푸른 바다 보다
청량한 당신의 웃음이 좋아요

더도 덜도 말고
보이는 만큼만

       가을 하늘은 높다기보다 깊다. 얼마나 깊은지, 파란 하늘에 물감을 한 번 더 짜 넣을 만큼 새파랗다고 해야 하나. 가을 하늘 위로는 무엇을 올려놓아도 또렷할 수밖에 없는데 특히 구름이 그렇다. 봄의 뭉게구름과 가을의 뭉게구름은 비슷한 듯 다른 느낌이다. 구름이 뭉친 느낌이나 피어오른 질감이 마치 손으로 만져본 듯한 착각이 들 만큼 선명하다고 해야 할까. 어쨌든 산책하다 올려다본 가을 하늘의 뭉게구름은 갖가지 상상을 돋게 한다. 크림 가득한 카푸치노 한 잔을, 누구나 쉽게 떠올리지 않을까.

       구름은 가만히 있는 것 같다가도 유심히 지켜보면 바람을 타고 유유히 흐르는 게 육안으로도 보인다. 그 여유 넘치는 느림을 눈으로 좇다 보면 시간이 어떻게 가는지도 모를 만큼 넋 놓고 바라보게 된다. 이 순간을 남겨야겠다 싶을 땐 핸드폰을 꺼내 '찰칵' 하고 한 장씩 찍어둔다. 이렇게 찍은 사진들은 '그리고 싶은 것들' 폴더에 차곡차곡 기록된다.

무언가를 그리고 싶은 마음이 들 때면 폴더를 열고 붓을 든다. 종이 위에 구도를 잡고 물감을 푸는 순간부터 마음은 이미 구름처럼 부풀어 있다. 행복이 보이는 것이라면, 아마 내 마음은 파랑과 노랑, 초록이 어우러진 꽃밭일 것이다.

그림을 그리다 보면 이 순간 나 자신이 얼마나 행복한 존재인가를 절절히 느낀다. 내가 그리지 않더라도 누군가 그림을 그려 나가는 장면을 보는 것 또한 인상적이다. 하얀 종이 위로 붓이 지날 때마다 형태가 잡히고 채색되는 동시에 생명과 호흡이 깃드는 광경은 신비롭고 숨을 멎을 만큼 감동적이다.

그림은 소질이 있는 사람만 그리는 게 아닌데, 사람들은 오해를 한다. 그래서인지 그림은 여전히 재능 있는 소수만이 향유할 수 있는 문화라는 인식이 있다.

붓을 들고 직접 그려보자. 거친 붓질에 곱지 않은 선이 나오더라도, 붓을 내려놓는 순간까지 당신의 마음이 투영된 빛과 형태에 내내 마음을 빼앗긴 자신을 발견하게 될 것이다.

거칠고 투박해도 표현하겠다는 용기가 있다면 그건 그림이 된다. 예쁘지 않더라도 진실한 그림이라면 그것은 좋은 그림이라 말할 수 있다. 화려한 기교가 펼쳐진, 값비싼 재료를 쓴 그림이 아니

더라도 이야기가 담기면 그것은 좋은 그림이다.

　작고 소소한 일상이지만 그것을 그림으로 옮겨놓을 여유가 있다면 당신은 이미 행복한 사람이다.

　오늘도 내일도 그리고 싶은 날이다.

작업실이 집이라서
참 좋아

우리 집은 분당 정자동에 위치한 정겨운 마을이다. 도심 한가운데에 울창한 숲이 있고, 단지를 벗어나자마자 공원으로 이어지는 길은 숲속에 난 길처럼 아름답다. 집보다도 이 공원 길이 마음에 들어 나는 이곳에서 계속 살고 있다.

집에서 일한 지 10년이 되어간다. 사람들은 작업실이 없어도 작업이 가능하냐고들 묻는데, 나는 아직까지도 작업실의 필요성을 느끼지 못한다. 아침 출근에 소요되는 분주함도 없고, 오가는 출퇴근 시간을 아껴서 아침 운동을 할 수 있다. 새벽까지 일하는 날엔 늦잠으로 부족한 잠을 보충하기도 한다.

강의가 있으면 교육장으로 출강하면 되고, 개인 강의는 스터디 카페에서 원하는 시간만큼 원하는 인원으로 이용하면 된다. 업체 미팅은 집 앞 카페에서도 얼마든지 가능하다.

집에서의 작업 공간은 거실이다. 베란다 문 옆으로 작업 테이블을 배치했다. 큰 창문이 있어서 매일 매일 변화를 주는 자연풍경은 그 자체로 그림 액자가 되어준다. 테이블 뒤에는 컴퓨터 책상이 있다. 의자 하나를 놓고 앞으로 돌리면 그림을 그리는 테이블, 뒤로 돌리면 컴퓨터 책상이 있어서 작업 동선도 아주 편리하다.

큰 그림을 그릴 때는 8인용 식탁 위에 전지를 펼치면 딱이다. 붓, 화선지, 물감, 물통 등을 책장에 비치하면 필요에 따라 손쉽게 꺼내 쓸 수 있다. 집과 작업실은 분리해야 일에 집중할 수 있다는 지인도 있지만, 타고난 집순이인 나는 집에서 트레이닝복 차림에 머리를 질끈 묶은 채 맨얼굴로 작업에 몰두하는 걸 선호한다. 그러다 피곤이 몰려오면 잠시 붓을 내려놓고 침대 속으로 들어가 쉬면

그만이다. 누구의 눈치도 보지 않고, 뭐라 할 사람 아무도 없는 이런 곳이야말로 꿈의 직장 아닐까.

그림과 글씨 작업을 하고 컴퓨터에서 보정한 후 업체에 메일로 보내고 컨펌 받기. 이 모든 일들을 집에서 할 수 있다는 것이 감사하다.

좋은 점이 어찌 이것뿐이겠는가!

느지막한 오후, 아이가 학교에서 돌아오면 나는 붓을 내려놓고 앞치마를 두르며 엄마 모드로 전환한다.

"오늘 학교 수업 재밌었어? 간식 뭐 먹을래?"

어제는 아이가 좋아하는 호빵을 식탁에 놓고 마주 앉아 미주알 고주알 대화를 나누었다.

"엄마는 오늘 무슨 일 했어? 오늘 그린 그림은 이거구나! 예쁘네, 잘 그렸네~"

하교 후 집에 들어오는 아이를 맞아줄 수 있다는 것이 가장 좋은 부분이다. 과제에 문제가 있으면 도와주기도 하다가 나는 컴퓨터 앞에 앉아 작업을 계속한다.

계절과 날씨에 관계없이 집이 일터라는 것엔 장점이 많다. 화창한 날은 싱그러운 음악을 들으며 일할 수 있어서 좋고, 비 오는 날은 몰입이 잘 되니 완성 작업이 많아져서 좋다.

봄에는 창가에 꽃이 만발해 좋고, 여름엔 산바람이 불어와 선선해서 좋고, 가을엔 알록달록한 풍경이 펼쳐져 좋고, 겨울엔 눈앞에 겨울 왕국이 펼쳐지니 행복하다. 마냥 좋을 수 없는 것도 이래서 좋고 저래서 좋다! 라고 말하고 싶은, 작업실이 집이라서 참 좋다.

편견 버리기
연습

모임 시간에 늦어버렸다. 평소라면 수월한 구간인데 하필 그날따라 길이 꽉 막혔다. 버스는 움직일 기미가 없고 내 속은 점점 타들어갔다. 결국은 반쯤 포기한 상태가 되어 넋 놓고 창문만 바라보고 있었다.

그때 창밖으로 새까만 무언가가 나무 기둥을 재빠르게 오르는 것이 보였다. '방금 뭐였지?' 다람쥐라기엔 너무 까매 보였다. 그 작고 빠른 녀석이 나뭇가지를 타 넘으며 쏜살같이 움직인 바람에 정확한 정체를 알 수 없었다. 그러다 딱 정지한 순간, 두 손을 부비며 두리번거리는 녀석을 알아봤다. 청솔모구나!

이게 그리 놀랄 일인가 싶겠지만, 도심에서 청솔모를 만난다는 게 흔한 일은 아니지 않나. 모임에 뒤늦게 도착해서도 나는 청솔모를 만나게 된 사연부터 쏟아내기에 바빴다.

그런데 자초지종을 들은 언어치료사 한 분이 생각지도 못했던 말을 던졌다.

"청솔모가 다람쥐를 잡아먹잖아."

뭐라고요? 머릿속 청솔모의 귀여운 이미지가 단박에 깨지는 소리가 들렸다.

"어머! 비슷한 종끼리 어떻게 그럴 수 있어요? 그래서 까맣고 무섭게 생겼나?"

내 반응에 그녀는 정색을 하며 덧붙였다.

"까만색이 다 나쁘다고 단정 짓는 것은 편견이에요."

순간 '아차!' 싶었다. 미술을 하는 사람은 편견에 사로잡혀선 안 된다고, 늘 경계해온 바 아니었던가. 예상치 못했던 자리에서 타인에게 지적받은 '편견'은 유독 따끔하게 다가왔다. 내 안에 나도 몰랐던 편견 조각들이 자리하고 있음을 남을 통해 확인한 날이었다.

얼마 전 '마음치료 미술관'이라는 주제로 강연하신 《연탄길》의 저자 이철환 작가의 말이 생각난다.

"편견이 많을수록 못마땅한 것이 많아지고 우리의 행복감도 줄어듭니다. 편견이 많을수록 창의력과 상상력도 줄어듭니다. 창의력은 똑같은 것을 다르게 바라보는 힘인데, 편견으로 가득한 사람에게는 창의력을 바랄 수 없다는 것입니다."

초등학교 시절 소방차 한 대가 들어왔고 불조심을 주제로 포스터를 그리는 날이었다. 이철환 작가는 화가가 꿈이었지만 크레파스를 살 만한 형편이 아니었다. 미술시간마다 친구들에게서 크레파스를 빌려 그림을 그리곤 했는데, 그날은 크레파스를 빌려줄 친구가 아무도 없었다. 모두가 빨간색 하나로만 소방차를 그려야 했으니까. 그래서 이 작가는 친구들이 그림을 다 색칠한 후에야 크레파스를 빌려 아무렇게나 포스터를 그렸다.

그런데 그와 똑같이 형편이 어려웠던 친구 하나는 다른 친구에게 검정색을 빌리더니 소방차를 온통 검게 칠하는 것이 아닌가. 그러고는 포스터 주제에 '소방차도 불에 탄다'라고 적었다 한다.

'소방차는 빨간색으로 그려야 한다'는 편견을 버렸을 때 창의력을 얻을 수 있다는 것을 뼛속까지 깨닫게 해준 이야기였다.

우리 동네
사진관

언제부터 있었는지 모를 만큼 허름한 외관, 퇴색되어버린 포스터와 찢긴 간판 글씨를 유지하고 있는 '우리 동네 사진관'이 있다. 사진을 잘 못 찍을 것 같았기에 한 번도 이용한 적이 없다. 가끔 그곳을 드나드는 사람들을 볼 때마다 손님이 있는 것이 신기하게 여겨지곤 했다.

어느 날 급히 여권을 만들어야 할 사정이 생겼다. 차를 타고 큰길까지 가기엔 시간이 충분하지 않았기에 망설이다가 어쩔 수 없이 '우리 동네 사진관'을 찾았다. 문을 열고 들어서니 50대 후반쯤 되어 보이는 여성이 맞아준다. 주인이라고 했다. 초라한 행색이 영 못 미더웠지만 달리 방법이 없으니 어쩔 수 없다. 몇 번의 플래시가 터지고, 4시간 후 찾으러 오라는 말과 함께 그녀는 테이블 뒤로 사라졌다.

4시간 뒤, 사진을 받아 든 나는 충격에 빠졌다. 전혀 보정이 되어 있지 않았던 것이다. 말 그대로 생긴 '그대로'의 모습에 나도 모르게 볼멘소리가 나왔다.

"사장님, 사진 보정은 하지 않으신 건가요?"

"에이, 컴퓨터로 막 수정해버리면 원래 모습이 없어져요. 그러면 안 되죠! 우린 컴퓨터 수정은 하지 않는 곳이에요. 자연미 그대로 찍는 사진관이에요."

태연자약한 그녀 앞에서 난 이러지도 저러지도 못한 채 아쉬운 발걸음을 돌렸다. 그래도 여전히 충격이 가시지 않아 사진관을 나오면서 동네 친구에게 전화를 걸어 하소연을 늘어놓았다.

"얘, 나 정말 지금 어이가 없다. 글쎄 시간이 없어서 우리 동네 사진관에서 증명사진을 찍었는데 보정을 하나도 해주지 않았어. 정말 짜증나."

내 말을 가만히 듣고 있던 친구는 말했다.

"아, 거기? 거기 원래 보정하지 않는 곳으로 유명해. 아마 그 사진관 사장님이 건물주라서 그럴걸? 사람이 많이 안 와도 개의치 않고, 하여튼 그 원칙을 고수하고 있는 곳이야."

전화를 끊고 친구의 말을 곰곰이 곱씹어봤다.

사실 우린 많은 부분을 감추며 살고 있지 않은가. 어쩌면 '우리 동네 사진관'은 있는 그대로를 보존하면서 오직 자신의 철학과 기술로만 승부하겠다는 초심을 지키고 있는 걸까. 그렇게 생각하고 보니 트렌드에 휩쓸리지 않는 모습이 우직해 보이면서 슬그머니 존경의 마음마저 들기 시작했다.

디자인 분야 또한 디바이스의 변화로 넘쳐나는 작업과 멋진 결과물들이 물밀 듯이 쏟아진다. 그럴 때마다 위축되는 건 사실이다. 그럴수록 초심으로 돌아가려고 한다. 내 디자인이 선택받지 못해 경쟁 입찰에서 탈락했을 때, 일이 들어오지 않는 날이 일하는 날보다 더 많을 때, 그간 작업했던 과정과 결과물을 다시 점검하면서 말이다.

나만이 만들어낼 수 있는 색감, 취향, 디자인이 있는데도 고객의 입맛대로 만들고 수정해서 본래의 색을 잃은 결과물을 만들지는 않았는지, 작업을 보완하면서 원래 나다운 색을 잃어버리지 않도록 점검하고 다듬는다.

변화는 받아들이되, 새로움을 접목하고 연구하면서 '따뜻함, 생명력, 위로'를 놓치지 않는 것, 그것이 내가 추구하는 디자인이다.

큰아버지와
고물 자전거

"얘! 너 또 지우개 샀니?"

아이 방을 정리하다가 들여다본 휴지통에서 지우개를 여섯 개나 버린 걸 발견했다. 쓰지 않은 지우개를 버리고 새 지우개를 산 모양이다. 아직 쓸 수 있는 것들을 거리낌 없이 버리는 모습에 울화가 치민다.

어릴 적 큰아버지는 늘 '고물 자전거'를 주워서 타셨다. 그리고 그 고물이 더 고물이 될 때까지, 더 이상 움직이지 않을 때까지 타셨다. 그러고 나면 다시 다른 고물 자전거를 찾아 나섰다. 평생 검소하게 살아오신 큰아버지의 인생이 사랑스럽다.

탈 수 없을 때까지 부렸던 고물 자전거를 추억하면서 먹을 갈아 농담을 내어 큰아버지의 소중한 자전거를 그렸다. 전시장에 작품으로 걸린 '고물 자전거'는 큰아버지의 대한 그리움이고 감사이며, 정금보다 귀한 보물이다.

시간이 흘러 나도 당시 큰아버지의 나이 언저리가 되었다. 그리고 어느새 큰아버지와 똑같이 말하는 나를 보며 흠칫 놀란다.

세상이 빠르다. 어제 있던 것이 오늘 사라지고, 오늘 있던 것은 내일이면 사라질 것이다. 그러다 보니 늘 새로운 것을 갈망하는 이들은 사고 또 사야만 하는, 어쩌면 숙명과도 같은 오늘을 보내는지도 모른다. 내 딸의 지우개들도 그 빠른 세상 속에서 짧은 명을 다하고 없어질 존재이리라.

세상의 속도가 이렇게 빠르다 보니 느린 것은 사라지고 쉽게 잊힌다.

'노인 한 명이 죽으면 도서관 하나가 없어지는 것과 같다.'

아프리카 속담이라는 이 말을 자주 떠올리게 된다. 우리는 어른의 지혜로운 잔소리를 좀처럼 듣기 어려운 시대를 살고 있다. 아무리 그렇다 해도 오늘만큼은 조금 천천히 가보는 것이 어떨까, 그런 생각이 들었다.

감동을 넘어
감응으로

해가 바뀌면 새로운 곳을 향해 날아가는 철새처럼, 나 또한 내 그림에 새로운 변화를 시도해보곤 한다.

그리기는 마음 상태를 한 치의 오차 없이 반영한다. 흐린 날에는 묵직한 선이 나오고 맑고 화창한 날에는 붓 터치가 경쾌하고 가볍다. 그렇다고 꼭 날씨다운 마음만 있는 건 아니어서, 화창한 봄날임에도 아무것도 그릴 수 없는 이상한 날도 있다.

이렇게 그림을 그리기 시작한 지 벌써 8년째다. 시간의 성숙함과 변화를 거쳐 온 그림들이 차곡차곡 쌓여 이제는 한 권으로는 부족한 두꺼운 포트폴리오가 되었다.

얼마 전 캘린더 회사에서 연락이 왔다. 인터넷에서 내 포트폴리오를 살펴보고 그림이 마음에 들었다며 계약을 위해 회사로 와달라 했다.

계약에서 제일 중요한 것은 작품료 협의일 것이다. 한쪽은 제대로 받고 싶고, 한쪽은 조금이라도 낮추고 싶은 것이 기본, 이번에도 아니나 다를까 담당자는 내가 제안한 금액을 일언지하에 거절하며 그 액수로는 불가하다면서 말을 잘랐다. 그러고 나선 은근히 나를 다그치며 심리전을 벌였다. 일을 주는 쪽이 갑이라 생각해서인지, 알아서 그들이 원하는 금액에 맞추도록 내 결정을 유도하는 것 같았다.

나는 가격 흥정에는 도통 소질이 없다. 나 같은 사람은 작품을 사고파는 것 자체가 가장 힘들다. 내 작품 가치를 스스로 매기는 것이 당연한데도 한편으로 고객이 생각한 바를 맞춰야 한다는 생각에서 자유로울 수 없기 때문이다. 누가 대신 좀 해주었으면 소원이 없겠다.

도통 감을 잡지 못한 내가 아예 절반을 낮추어 금액을 제시했더니 이번에는 담당자가 당황한 기색을 내비친다. 아마 속으로 '이 사람 정말 아무것도 모르는구나!' 하고 생각했던 것 같다. 당황스러운 한편으로 나를 바라보는 눈빛에서 뭔가 측은함도 읽을 수 있었다. 결국 '이렇게 쉽게?'라고 해야 할지 모르겠지만 계약서에 서명을 했다.

작업물 관련해 상의를 하던 차에 그쪽에서 샘플로 보여준 작가의 그림이 눈에 들어왔다. 작가마다 작업 방식은 물론 다르겠지만 대부분은 그림을 그리고 스캔한 후 컴퓨터에서 보정을 마치고 파일형태(jpg)로 전달하는데, 컴퓨터 보정 없이 갤러리에 전시될 작품 여러 개가 겹겹이 쌓인 작품집이 눈에 들어왔다.

"정성스럽게 작업하신 작품들이네요?"

내 말에 담당자는 익숙한 듯 아무렇지 않게 대답한다.

"컴퓨터 보정이 어려운 작가님의 작품이에요."

밝고 화사한 풍경, 한 번에 그려냈음에도 망설임이 느껴지지 않는 붓길이었다.

점심을 함께하면서 좀 전에 본 작품이야기를 전해 들었다. 그림을 그린 분은 80세 어르신인데 아내가 아프고 생활이 어려운 형편이라, 회사가 요청하지 않았는데도 매번 그림을 갖고 온다고 했다. 얼핏 보기에도 상품화하기에는 어려운 그림들이었다. 거절을 당해도 며칠 후면 다시 새로운 작품을 들고 왔단다. 얼마나 절박했으면 그랬을까 마음으로는 이해되지만, 현실은 그의 편이 되어주기 어려웠을 것이다.

집으로 돌아와서도 그분의 이야기가 내내 마음에 걸렸다. 아픈 할머니를 돌보기 위해 절박한 심정으로 그림을 그리고 있을 할아버지의 시간을 생각하니 어떻게든 도움이 되고 싶었다. 문제는 자금인데…… 그렇다면, 어떻게든 이번 계약을 성사시켜서 할아버지의 그림을 사는 거야!

원체 가격 흥정엔 젬병인 나였지만, 할아버지를 생각하니 두 번째 계약만큼은 내가 제시한 금액을 밀어붙일 용기가 생겼다. 그런데 뜻밖에 회사 측에서도 별다른 이견 없이 내 제안을 선선히 받아주는 게 아닌가. 진작 이렇게 다부지게 하면 되었던 것을! 소질 없다는 핑계로 주저했던 마음을 단호히 정리하길 잘했다. 어르신의 그림을 사겠다고 마음먹지 않았더라면 감동에만 그치고 말았을 일이 또 다른 작업을 주도했을 뿐 아니라 가격 흥정에 굽히지 않을 담력까지 만들어준 셈이다.

사는 동안 우리는 쉽게 감동하고 감동을 주기도 하지만, 감응한다는 것은 행동으로까지 옮겨봐야 할 수 있다는 것을 알게 되었다.

낡은 집이 준
선물

무더운 여름 이사는 처음이었다. '새집 청소는 내가 해도 되겠지'라고 생각했던 건 오산이었다. 이삿짐센터에서 오신 아주머니는 구석구석을 닦고 또 닦는 나를 보다 못해 한마디 하셨다.

"그렇게 청소하면 끝이 없어요. 이 정도만 해요!"

그 말에 퍼뜩 정신을 차렸다.

'청소하니 다른 집 같지?'

왜 비싸고 오래된 집을 골랐느냐며 투덜거리는 남편에게 그렇게라도 내보이고 싶었던 걸까. 그럴 생각은 아니었는데 나도 모르게 청소의 끝판왕이 되려고 했나 보다.

리모델링으로 많은 세대가 한꺼번에 이주하는 바람에 내가 사는 동네에 전세대란이 벌어졌다. 등 떠밀린 듯한 상황에 어쩔 수 없이 이사를 가야 했다.

낡은 집은 방문마다 문이 잘 닫히지 않았다. 젖 먹던 힘을 쏟아야 겨우 닫혔다. 전기코드를 빼면 전선도 함께 튀어나오는 상황도 벌어졌다. 군데군데 벗겨진 페인트 때문에 가루가 모래처럼 흩뿌려 있고, 주방 싱크대는 위태로워 보여서 정수기나 묵직한 도자기 그릇들을 올려놓았다가는 무너질 것 같았다. 우선 급한 대로 가장 위험해 보이는 전기 설비와 사춘기가 돼 자기 공간이 필요한 아이 방문부터 수리했다.

이 모두가 낡은 집을 급하게 계약한 탓에 벌어진 사달이다. 집을 볼 때 누가 방문을 여닫기까지 하며 체크한담. 싱크대가 제대로 붙어 있는지 내려앉았는지 어찌 단번에 알아챈단 말인가. 설마 이 정도일 줄이야 난들 알았겠냐고. 쏟아지는 가족들의 비난에, 내가 참 야물지 못했구나 좀 더 신중했어야 했어 잠시 반성하긴 했다. 그렇지만 오래된 집이란 걸 알고도 여기를 선택한 이유는 무엇보다 햇살이 따스하게 거실까지 들어왔고 기분 좋은 바람을 느꼈기 때문이다. 잔잔한 바람이 거실에 흐를 때면 공기 좋은 여행지 펜션에 와 있는 기분이었다.

오래된 집을 청소하느라 한동안 여유를 갖지 못했다. 밥 먹을 시간도 잊을 만큼 정리만 하다가 문득 14층 베란다에서 밖의 풍경을 바라보았다.

'불곡산이 보이네!'

내리던 비가 그치니 산꼭대기 주변에 운해가 연기처럼 피어오른 모습도 볼 수 있었다. 산 아래 집들이 옹기종기 모여 있는 풍경도 그림 같다. 계약할 당시엔 보지 못했던 것을 이사 와 짐정리에 매달린 일주일 뒤에야 보게 되었다.

화사한 햇살이 거실에 스며들었다. 기분 좋은 산바람은 헌 집에 대한 불평을 잊게 했다. 마치 산속에서 새들과 함께 노니는 듯한 신선함이 감도는, 가슴이 뻥 뚫리는 바람이었다.

"작업이 잘될 것 같아! 그림이 잘 그려지겠어!"

나도 모르게 감탄이 나왔다. 가족들 역시 집이 보여주는 근사한 풍광에 녹아들면서 어느덧 불평은 사그라들었다. 집 떠나기 싫다고, 이사하기 싫다고 아쉬워하던 때가 언제였냐는 듯, 이사 오길 잘했다, 윗동네가 좋네, 그렇게 애기할 만큼 벌써 적응을 끝냈다. 끝이 없을 것 같던 청소와 이삿짐 정리도 마무리되었다. 이제 뜨거웠던 여름도 지나 에어컨을 켜지 않아도 되고, 이미 산에서 불어오는 바람을 아침저녁으로 맞으며 가을을 예감한다.

여름이 아무리 덥다 해도 곧 지나갈 것을 알기에 견디는 것이다. 여름이 가고 가을바람이 불어오듯, 자연의 순리는 새로운 계절을 기대하게 한다.

더운 여름 잘 버텨내느라 수고했어! 가을이 되면 온 천지가 알록달록 물들어가며 힘을 내라고, 위로해주듯 다른 풍경을 펼쳐 보여줄 것이다.

집에서 일하는 내게 자연은 선물처럼 다가왔다. 나는 베란다 창문이 정면에 보이도록 책상을 거실에 놓았다. 햇살이 거실까지 들어오지만 커튼을 치지 않아도 좋을 만큼 딱 알맞게 밝다. 전등도 필요 없는 자연광을 배경으로 하늘과 산을 병풍 삼아 나는 내 집 거실에서 작업을 한다.

계절이 바뀌면서 삶의 기류도 변화하고 있다. 어느새 새집에 안착한 느낌이다. 자연이 가져다주는 잔잔한 즐거움 속에서 나는 점점 순해지는 듯하다. 새로 둥지를 튼 이곳에서 산들바람처럼 다른 이들과 어우러지고 싶다.

이름을
불러주었을 때

　　　남 앞에서 이야기하는 것이 두렵다고 말하는 이들이 많다. 나도 그렇다. 앞에 나서면 긴장으로 목소리가 떨리고 말도 잘 안 나오고 그래서, 가능하다면 그런 자리를 피하며 살아왔다.

　　하지만 늘 계획대로만 흘러가주지 않는 것이 삶인지라, 언제 예상 밖의 일이 벌어질지 모를 일이다. 이번에도 그랬다. 사람들에게 글씨체를 가르치는 일이 주어졌다.

　　강연을 앞둔 시간, 아니나 다를까 심장이 요란하게 요동치기 시작했다. 수업을 시작하려면 우선 이 덜컹거리는 심장부터 진정시켜야 했다. 어찌 해야 차분해질까 조바심을 내다 문득 이런 생각이 들었다.

　　'글씨 전문가는 청중이 아니라 나야! 나만큼 잘하는 사람은 이 중에 없어.'

　　그러니 이렇게 떨 필요 없다고, 스스로를 다독였던 것이 두려움을 이기게 된 계기가 되었다. 물론 강연 공포증을 이겨내기까지는 그 후로도 한참이 걸렸다.

이제는 물론 알고 있다.

사람들이 이 포인트에서 감탄하겠구나!

여기서는 눈을 휘둥그레 뜨고 질문도 하겠구나!

청중이 나라면 어떨까 하는 시선으로 내 수업을 객관적으로 판단할 줄 알게 됐다. 청중의 표정이나 반응을 통해 감정을 헤아릴 수 있게 되었다. 가르치는 것이 아니라 이야기로 들려주었을 때 편안하고 재미있는 강연이 된다는 것도 청중과 호흡하며 알았다.

강연에 익숙해질수록, 한 번 듣고 마는 강연이 아니라 그 시간을 통해 글씨가 청중의 삶에 스며들어 소중한 무언가로 남기를 바라게 된다. 그렇게만 된다면 나도 몇 갑절 보람을 느낄 것이다.

글씨를 청중의 삶과 어떻게 연관 지을 수 있을까? 나를 위한 글씨, 나에게 어울리는 글씨라면? 사람은 자신과 연관된 것에 흥미를 느끼기 마련이다. 흥미가 생기면 그 대상에 몰입하게 된다. 좋은 방법이 뭘까 궁리하다가, 청중의 이름과 붓글씨를 연결 지었다.

이름을 예쁘게 쓰는 것만이 아니라 그 사람의 분위기와 이미지를 닮은 글자, 즉 '나와 닮은꼴 글자'를 써보기로 했다. 키가 큰 분의 이름을 쓸 때는 자형을 길쭉길쭉하게, 긴 머리의 여성분은 부드럽고 우아함이 우러나도록 이름 석 자를 썼다. 이를 보더니 어떤 분이 "제 이름은 귀엽게 가능할까요?"라고, 마치 피자에 토핑을 선택하듯 원하는 이미지를 요청했다.

완성된 이름에 네모난 테두리를 그리면 마치 돌에 칼로 이름을 새긴 전각과 같은 효과를 낼 수 있다. 전각 도장을 찍었을 때 어떻게 구현될지를 즉석에서 글씨로 보여드리면 하나같이 도장이 이렇게 새겨지는구나! 글씨에 이런 쓰임새가 있었네, 하고 신기해한다.

네모 선 안에 자기 이름이 쓰인 결과물을 눈으로 확인하는 순간, 여지없이 감탄과 탄성이 터져 나온다. 그러고 나면 사람들은 저마다 '나도 저렇게 써볼 수 있겠다'라는 포부와 자신감을 갖고 붓을 들어 글씨를 연습한다. 강요하지 않아도 열심히 글씨를 고민하고 반복하며 연습하는 광경이란!

강의실에는 어느덧 정적이 감돌고 다들 글씨 쓰기에 열중하느라 여념이 없다. 정성을 들여 쓰다 보면 글씨 쓰기가 익숙해지고, 재미가 붙은 나머지 글씨를 응용하기까지 하는 놀라운 장면이 펼쳐진다.

한번은 분당서울대병원 문경 연수원에서 글씨 코칭 하느라 정신이 없는데 수강생 한 분이 고백하듯이 이런 말을 했다.

"강사님은 좋으시겠어요!"

"왜요?"

"사람들이 글씨에 빠져 흥분한 모습이잖아요. 다들 신이 났네요!"

이름 한 번 써주었을 뿐인데 왜 사람들은 감동했을까? 문득 김춘수 시인의 〈꽃〉이라는 시가 떠올랐다.

내가 그의 이름을 불러주었을 때

그는 나에게로 와서 꽃이 되었다.

내가 그의 이름을 불러준 것처럼

나의 이 빛깔과 향기에 알맞는

누가 나의 이름을 불러다오

그에게로 가서 나도 그의 꽃이 되고 싶다.

우리들은 모두 무엇이 되고 싶다.

너는 나에게 나는 너에게

잊혀지지 않는 하나의 눈짓이 되고 싶다.

여기서 꽃이란 존재의 의미가 아닐까. 누군가의 이름만 불러도, 그는 나에게 어떤 유일한 의미로 다가온다. 나는 너에게, 너는 나에게 하나의 눈짓이 된다는 것은 관계의 고유성을 뜻하는 것이라고 생각한다. 수많은 무리 중 하나가 아니라 세상에서 유일한 존재로 다가오는 것.

　이날 나는 글자를 통해 한 사람이 소중하고 고유한 존재가 되는 신비한 경험을 했다. 강연이든 일에서든 상대방에게 집중하고 그를 생각하는 마음은 존재에게 의미를 부여한다. 그러니 글씨를 쓸 때도 그런 마음을 가져본다. 부디 내 글자가 사람을 소중한 존재로 대하는 도구가 되기를!

느닷없이 생각났고
늘 보고 싶었고
늘 좋아했습니다

일상을 디자인하다

행복을 주는
보물

　　팬데믹 이후 정말 뜻하지 않게, 딸아이의 설득에 깊이 생각하지 않고 강아지를 입양하게 되었다. 동물이라면 구경은 좋아하지만 키우는 것은 두려웠던 나다. 그래도 외동인 아이가 그토록 원하는데 아이의 행복을 위해서라면야.

　　막상 들이고 보니 힘든 점이 한둘이 아니었는데, 그중에서 제일 싫은 건 똥을 치워야 한다는 것이었다. 분명 똥 치우려고 키우자 한 건 아니었건만, 집에서 똥 치우는 사람은 나뿐이라 결국은 그런 셈이 됐다. 뭣도 모르는 어린 강아지는 싼 똥을 가지고 장난까지 치는데 말이 장난이지 그야말로 똥칠이 따로 없다.

　　집을 비우면 심지어 똥을 먹기까지 하는 똥강아지는 도무지 훈련시킬 방법이 없었다. 강아지가 똥칠하는 꿈을 일 년 내내 무수히 꾸었을 정도로 나는 똥에 시달리며 살았다.

　　그럼에도 세상에서 정이 가장 무섭다고, 골칫덩이 똥강아지는 이제 우리 집에서 행복을 주는 보물이 되었다. 유모차에 태워 데리고 나가면 신기하게도 짖지 않고 인형처럼 얌전히 있다. 아이 때문에 화가 폭발해 야단을 치다가도, 덩달아 소파에 눈치 보며 웅크리고 있는 모습을 보면 화가 풀린다.

우리 집 똥강아지만큼이나 행복을 주는 보물이 얼마 전까지도 용인에 있었다. 전 국민의 아쉬움을 뒤로하고 이제는 고향으로 반환된, 내게는 여전히 아기로 남아 있는 푸바오에 대한 추억을 떠올려본다.

많은 사람들이 그러했지만 나 역시도 푸바오 가족이 생활하는 모습을 영상으로 관찰하는 재미에 빠져 있었다. 대나무를 주식으로 먹는 엄마 판다 아이바오를 보고 있으면 애니메이션 영화를 보는 것 같았다. 대나무 잎을 양 손에 쥐고 이쪽저쪽 번갈아가며, 눈 감고 맛을 음미하면서 씹어 먹는 아그작 소리는 그 자체로 즐거움이었다.

엄마 판다는 무게가 100킬로그램이 넘는다. 그 큰 덩치에 비해 100그램 전후의 작은 아기를 낳는 것도 신기한 일이다. 새끼를 조심조심 안아서 젖 먹이고 돌보느라 그 좋아하는 대나무 먹기도 마다하고 육아에 전념하는 모습은 감동이었다. 판다들 중에서도 아이바오는 특히 모성애가 남다르다고 했다.

푸바오를 품에 안고 젖을 먹이는 모습은 사람과도 많이 닮아 있어서 애잔하게 느껴졌다. 새끼를 돌보는 것은 판다에게도 여간 힘든 일이 아님을 알기에 사육사는 아이바오에게 잠시 아기를 내려놓고 저쪽에 가서 대나무도 먹고 쉬라고 등을 떠민다. 하지만 엄마 판다는 여전히 품에서 새끼를 내려놓을 줄 모른다. 결국 하는 수 없이 사육사가 쭈그려 앉아서 엄마 판다에게 대나무를 물려주고 먹이는데 그 모습이 꼭 딸을 사랑하는 친정 아빠 같다. 그 장면에 울컥 눈시울이 붉어졌다.

푸바오라는 이름은 '행복을 주는 보물'이라는 뜻이라지. 보물 같은 존재로 처음 만난 아기 판다에 사람들은 열광했다. 오직 푸바오를 보기 위해 수십만의 사람들이 몇 시간을 기다렸다.

3개월이 되자 푸바오는 걷기 시작했고 1년이 지나자 엄마랑 같이 방사장에서 놀 수 있게 되었다. 그 작은 손에 항상 대나무를 든 채 엄마와 함께 뒹굴며 노는 모습은 얼마나 사랑스러웠는지.

엄마와 아기 판다가 방사장에서 팔을 휘저으며 좌충우돌하는 모습, 푸바오가 나무 위로 올라가면 떨어질까 봐 전전긍긍하는 아이바오, 한창 식사중인 엄마 옆에 와서 장난치고 달려드는 푸바오, 그런 푸바오를 한 방에 제압해 밀쳐내곤 '이제 나도 좀 편히 먹어야겠어' 그러곤 다시 식사에 열중하는 엄마……. 이 모든 장면들이 판다 가족의 사랑스러운 육아기였다.

그 가족의 행복한 순간을 그림으로 간직하고 싶었다. 우리 모두를 따뜻하고 행복하게 해준 엄마와 아기의 모습을 그림에 담고 싶었다. 푸바오가 엄마와 함께한 시간은 고작 일 년이었다.

푸바오가 한국을 떠나는 날, 우리는 눈물과 감사로 푸바오를 배웅하고 앞으로의 삶을 응원했다.

판다 가족을 보며 배운다. 동물이든 사람이든 삶을 지탱하는 것은 순수한 애정과 사랑이라는 것을. 할 수 있는 한 마음을 아끼지 않고 가족과 소중한 이웃을 사랑하며 살고 싶다.

젊은이는 늙고
늙은이는 죽는다

스치듯 우연처럼 마주하게 되는 누군가의 말, 책 속의 한 줄에 밑줄을 긋는다. 메모장에 기록하고 싶은 글 한 줄에 지나온 삶을 돌아보거나 앞날을 내다보기도 한다. 그중 깊은 울림을 주는 메시지가 있었다.

'젊은이는 늙고 늙은이는 죽는다.'
—故 이어령 교수의 〈삶의 가르침〉 중에서

깜깜한 밤에 불을 켜지 않고 텔레비전을 보거나 틈만 나면 불을 끄고 밤중에도 불편한 생활을 하는 나의 엄마. 밤에 영상 통화를 할 때마다 나는 컴컴한 화면만을 마주한다. 그럴 때마다 아끼는 것도 그 정도가 너무 지나친 것 같아 '왜 저래야만 할까' 하며 얼굴을 찌푸리곤 한다.

불편해진 다리로 걸음이 느려진 엄마가 건널목을 건넜다. 파란 신호등이 깜박깜박 바뀌려 하는데 아직 반도 건너지 못한 엄마를 보면서 울화통이 치밀었다. 한번은 엄마에게 "다리가 이 지경 되도록 뭐했어? 관리 좀 하지 왜 이렇게 내버려뒀어!"라고 소리를 질렀다. 그러자 1초의 머뭇거림도 없이 엄마는 대답했다.

"열심히 일했고, 쉬지 않고 돈 버느라 그랬어!"

최선을 다하며 사느라 아픈 걸 참아왔으니 몸이 고장 난 건 당연하다며, 엄마는 금의환향하는 장군처럼 빳빳이 고개를 들었다. 어느새 주름이 자글자글해진 엄마는 날이 갈수록 행동이 느려졌다. 점점 쇠약해지는 엄마를 발견할 때마다 뜨끔했던 적이 한두 번이 아니다.

결국 엄마는 신호가 바뀌기 전까지 건널목을 건너지 못했다. 내 뜻대로 되지 않는 힘없는 다리, '나도 언젠가는 나이가 들어 엄마 같은 모습이겠지' 하고 생각하니 답답함이 사라졌다.

노쇠해가는 엄마를 이해하면서 엄마를 대하는 나의 태도도 달라졌다. 예전에는 횡단보도를 건널 때 늦게 오는 엄마에게 언성을 높이며 재촉했다.

"어으, 엄마 빨리 와 빨리. 뛰어 뛰어!"

지금은 양 옆의 차들에게 고개 숙이며 미안하다고 손짓을 한다. 그리고 엄마를 부축하며 신호등을 아슬아슬 건넜다.

"나쁜 친구들이랑 어울리지 마라, 밤늦게 다니지 마, 안 쓰는 전기 플러그는 뽑아야지, 돈은 있다고 당장 쓸 것이 아니라 저금해야 한다, 무조건 절약하는 습관을 들이고 아껴 써야 하는 거야."

어릴 때는 부모님의 잔소리를 귀가 따갑게 듣는 것이 고통이었지만 내가 엄마가 되어 보니 자식에게 더 좋은 것을 주고 싶은 부모 마음이 이런 거였구나 싶다. 어릴 적 듣고 자란 잔소리를 나 역시 아이에게 물리도록 반복한다.

"내가 하는 말에 책임을 져야 한다. 함부로 의미 없는 말을 뱉어선 안 돼!"

나쁜 말은 나쁜 말을 낳고 좋은 말은 좋은 일을 부른다고, 그것이 언어가 갖고 있는 힘이라고 아버지는 말씀하셨다. 어릴 때는 이 말씀 역시 잔소리라 생각했다. 나중에 안 사실이지만 아버지는 이 말을 할아버지한테 들었다고 했다. 언젠가 무심결에 이 이야기를 아이에게 전했다.

"네 할아버지가 이런 말씀을 달고 사셨어. 말이 씨가 되니까 생각 없이 내뱉지 말라고."

중학생이 된 아이는 어릴 때의 나처럼 뭔 말인가 싶은 표정이다. 언젠가는 너도 이해하겠지. 아버지의 말씀이 나와 다음 세대에 전해져 지혜의 말, 사람을 살리는 말, 축복의 언어가 된다면 좋겠다.

청년일 때 나는 마흔의 인생을 이해하지 못했고, 언제까지 젊으리라고만 생각했다. 엄마 역시 다리가 쇠약해지는 노인이 될 것이라곤 상상하지 못했을 것이다. 내 딸 또한 엄마 같은 인생을 살게 될 거라 믿고 싶지 않을 것이다. 지금도 아이는 늘 말한다.

"엄마처럼 일하느라 바빠서 집을 엉망으로 해놓고 살진 않을 거야."

아이는 툭하면 지금 살고 있는 집을 불평한다. 커튼 색이 거실의 나무 바닥과 도무지 어울리지 않는다면서. 딸은 미래에 자기 집을 갖게 되면 꼭 필요한 물건과 소파와 테이블을 화이트에 맞추고 심플하고 예쁜 거실을 꾸밀 것이라고 말한다. 걸핏하면 내 폰을 뺏어다 자기 입맛대로 뚝딱 설정해놓고 너무 느리다며 타박하는 내 딸의 모습을 본다.

젊을 때는 나이 든 인생을 아주 먼 일이라 여겼다. 나는 엄마처럼 느리게 걸을 일도 없고, 핸드폰 사용도 빠릿빠릿할 것이라고 장담하면서 말이다.

'젊은이는 늙고 늙은이는 죽는다.'

한 아이의 엄마가 되고 보니, 엄마의 모습을 통해 내 미래를 보면서 엄마를 이해하게 됐다. 나이가 든다는 건, 이해 못했던 사람을 이해하게 되면서 서로에게 곱게 물드는 과정이 아닐까?

오늘 행복해야 한다는 사실을
잊지 말아요

나 혼자 산다, 우리 엄마

내가 결혼 전에 부모님께 했던 말이 기억난다.

"이젠 집에 자주 오지 못해, 알지? 명절에도 시댁과 친정 거리가 극과 극이라 지금처럼 따박따박 올 수 없는데 괜찮겠어?"

그 말에 엄마는 아무 문제도 아니라는 듯 이렇게 대답했다.

"수헌이가 장가가면 며느리가 올 테니 괜찮아."

나는 나고 며느리는 며느리인데! 며느리로 내 자리를 대체하면 된다는 말이 서운했지만, 언제나 긍정적인 엄마는 세상을 다 가진 듯 밝고 씩씩해 보여서 결혼할 때 마음이 놓였던 것도 사실이다. 아빠가 돌아가시고 난 후에도 슬프다고 말한 적 없고, 혼자 살아서 우울하다거나 내 앞에서 눈물 한 번 보인 적 없는 분이다. 나도 나중에 혼자가 되면 강철 엄마의 모습을 닮고 싶다고 생각했을 정도다.

그랬던 엄마가 뇌출혈로 쓰러지고 난 후에야 알게 되었다. 혼자서도 행복하게 지낼 수 있었던 건 다 엄마가 건강했기 때문이었다는 걸. 엄마는 종일 쭈그리고 앉아 호미로 양파를 캐느라 화장실 가는 것조차 잊을 만큼, 매일 할 일이 있어서 외롭거나 쓸쓸할 새 없이 일에 중독된 사람처럼 살았다. 증세가 호전돼 오랜 요양을 마치고 집으로 돌아온 엄마는 하루하루가 힘겹다고 했다.

"혼자 살고 싶지 않아. 혼자서는 못 살겠어."

영상 통화 속 엄마는 매번 인상을 찌푸린다. 힘없이 나약한 모습의 엄마는 낯설다. 건강은 찾았으나 일은 못 하게 되었다. 하는 수 없이 마당에 텃밭을 가꾸기 시작했지만 돈 버는 일이 아니니 일 중독이던 엄마에게 행복한 일상은 되어주지 못했다. 엄마를 위해 무엇을 해줄 수 있을까를 물색하던 중에 복지관의 방문요양 서비스를 발견했다. 요양보호사 선생님이 하루에 3시간씩 방문하여 간단한 청소나 말벗, 심부름 동행을 해주는 서비스다. 방문 서비스라니! 내게는 희소식이었다. 매일 찾아와 함께 시간을 보내는 건 자식들도 쉽게 할 수 없는 일이지 않은가.

김세런 요양보호사 선생님은 안경을 쓰셨고 단발 펌에 호감 가는 인상이었다. 운동화 아닌 구두에, 치마를 입고 자차로 매일 엄마를 찾아오셨다. 선생님은 간단한 청소를 하고, 시장에 동행해서 엄마가 반찬거리 사는 걸 도왔다. 그런데 가만 보면 선생님은 말벗이 되는 걸 가장 좋아했다. 3시간 내내 엄마 얘기를 들어주고 맞장구를 쳐준다.

하루는 선생님이 만들기 재료를 준비해 오셨다. 엄마는 어린아이처럼 들떠 있었다. 점토를 가지고 전기 스위치 커버를 알록달록 예쁘게 만들었다며 신기해했다. 점토로 과일바구니, 컵받침을 만드는가 하면 퍼즐 맞추기 게임도 능숙하게 잘하신다고 했다.

문화 센터에나 가야 미술 수업을 들을 수 있을 텐데, 집에서 문화생활을 접한 엄마는 신이 나서 복지사 선생님이 오기만을 기다렸다. 하루는 색연필을 이용한 색칠 재료를 가져오셨는데, 엄마가 색칠한 그림은 단순한 것들이었다. 포도, 사과, 복숭아를 종이에 꽉 차게 그려 넣었고, 오리, 곰, 토끼 같은 동물 그림을 채색했다. 엄마는 색칠 그림을 상당히 좋아했다. 그 얘기를 듣고 나는 단계별 컬러링 책을 사드렸다. 시간 가는 줄 모르고 그림 색칠에 집중하는 엄마는 선생님이 오셔도 아랑곳하지 않고 3시간 동안을 그림 색칠에 몰두한다고 했다. 엄마는 미술 채색에 빠졌다. 선생님이 오시고 나서 그동안 자신도 몰랐던 재능을 발견한 것이다.

단순한 미술 놀이는 한 인간이 그토록 원하던 꿈을 찾아준 계기가 되었다. 평생 일만 하면서 일에 빠져 사느라 외로움을 몰랐던 엄마는 아픔과 함께 멈춰버린 시간을 통해 일보다 더 소중한 것을 찾게 된 것이다.

지금도 여전히 혼자인 엄마지만, 전처럼 외로워하거나 혼자서는 못 살겠다고 말하지 않는다. 우울해하는 모습도 없다. 매일 복지 센터에 나가면서 엄마가 좋아하는 미술 수업에서 영역을 넓혀가며 즐거움을 만끽하기 때문일 것이다. 집에 돌아오면 어김없이 찾는 미술 도구들! 엄마의 미술 채색은 취미를 넘어 인생의 아주 중요한 일부가 되었다. 영상 통화할 때마다 오늘은 어떤 그림을 그렸는지 자랑하기 바쁘다. 최근에는 장미꽃이 화려하게 핀 담장의 풍경을 채색했다.

"오메, 눈이 잘 안 보이는데, 그림이 쬐끄매서 포도시 색칠했는데 삼일이나 걸린 거여. 아주 예쁘네."

자신이 채색한 그림을 보고 본인도 감탄한다. 76세에 재능을 발견하고 인생을 아름답게 채색하는 엄마는 그림을 그리며 살고 있다. 나이 들어 찾게 된 소중한 꿈이 있기에 행복한 엄마의 지금이다.

당신이 웃으니
꽃바람이 부네요

중요한 내용만
짧게 말해주세요

스노우폭스북스의 김승호 회장은 강연 후 질의 응답 시간에 청중에게 한 가지를 부탁했다.

"질문을 한 문장으로 해주세요."

사설이 길면 대답해줄 시간이 줄어들기 때문이라며, 한 문장이 넘어가는 질문은 패스하겠다고 강조했다. 이후 사람들의 질문은 정말 짧고 간결해졌다. 내가 필요로 하는 말을 콕 집어서 얘기해주신 것 같아 마음이 통한 듯했다.

'지혜로운 사람은 급하고 중요한 일부터 처리한다'라는 말을 되뇌며 업무 전 일정 체크를 한다. 그리고 가장 먼저 할 일, 오늘 처리해야 할 일의 순서를 정해둔다. 일상에서처럼, 평상시 자주 하는 말에도 우선순위를 두었으면 좋겠다는 생각을 종종 하게 된다.

얼마 전 일곱 명이 모인 자리에서 '최근에 화가 난 일'에 대해 한 사람씩 돌아가며 이야기를 나누었다. 첫 번째 사람이 아이가 학교에서 친구와 다툰 이야기를 시작했다. 친구가 먼저 욕을 하는 바람에 같이 욕하다가 싸우게 되었다며, 평소에 그 친구가 어떠했는데 이래저래 해서 이런 일까지 생겼다며 자초지종을 한없이 풀어놓았다. 그러고 나서는 이제 시어머니가 화나게 한 일까지 미주알고주알 늘어놓는 바람에 혼자서 20분이나 써버렸다. 한 사람에 20분이 걸렸으니 아직 남은 여섯 명의 이야기를 다 듣자면 한 시간은 훌쩍 넘겠다는 생각에 한숨이 나왔다.

대화를 나눌 때도 필요한 말부터 먼저 해 버릇하기, 간결하게 말하기. 처음부터 내가 이런 것에 예민했던 것은 아니다. 글씨를 쓰다 보니 자연스럽게 주의하게 됐다. 정해진 규격 안에 글귀를 표현할 때 글자 수가 많으면 가독성이 떨어질 뿐만 아니라 시선을 끄는 주목도 역시 분산된다. 그럴 때는 몇 문장을 빼거나 축약해서 주목성을 높여주어야 한다. 문장이 짧을수록 표현 방법은 무수히 많아진다.

그림에서도 마찬가지로 덜어내는 작업이 우선이다. '여름날 바닷가의 해수욕장'을 그려야 할 때, 백사장에 있는 사람들, 갈매기, 바닷속 튜브 위 사람들과 지나가는 배까지 빠짐없이 표현하려다가는 밤을 새워 그려도 끝낼 수 없을지 모른다.

필요에 따라서는 채우기도 해야겠지만 보통의 그림에는 꼭 담아야 하는 부분만 담으려 한다. 수평선 바다만 그려 넣어 간결하게 작업할지, 사람들을 채워 생동감을 줄지⋯⋯, 간결하면서도 감동을 끌어내는 작업을 위해 고민하고 고민한다.

　그러다 보니 일상에서도 꼭 필요한 것들만 말해야 하지 않을까 싶다. 때로는 장황한 말보다 옆에 함께 있어주는 것만으로 큰 위로를 받을 때가 있지 않은가. 그렇게 누군가의 시간을 배려하고 마음을 조금 더 들여다보기 위해, 무엇을 더하고 뺄지를 생각하는 습관은 정말 필요하다.

경험치의
위력

"간격을 조금만, 5센티미터 더 좁혀주세요. 로고는 맨 아래에 위치시켜 주시고 크기는 글자와 맞춰주세요."

디자인 시안을 컨펌받는 중이었다. 표지에 제목, 간략한 내용 두세 줄, 큰 크림 하나, 마지막에 회사 로고가 들어가는 간단한 디자인이다. 글자 간격과 배열을 넓혔다 줄였다가, 위치를 여기로 옮겼다가 저기로 바꿨다가. 5분이면 뚝딱 끝내고도 남았을 수정인데, 영 마무리될 기미가 안 보인다. 점심도 거른 채였지만 얼른 이 일을 털어야겠다는 마음뿐이었다.

가능하다면 원하는 요구 사항은 모두 반영해주고 싶다. 의견을 조율하다 보면 더 효과적인 결과물이 나오는 경우도 많으니까. 그런데 이 간단한 디자인을 벌써 열 차례나 수정하다 보니 정신이 번쩍 들었다. '이렇게 가다가는 오늘 하루가 지나도 끝이 안 날 거야.'

"고객님, 수정은 여기까지 하는 게 맞는 것 같아요. 제 편집 기술이 완벽하지 않아서 어설퍼 보이죠? 그런데 이것이 디자인의 매력일 수 있어요. 간격 조절, 위치 조정을 10번 넘게 했으니 보고 싶은 구도는 다 보신 거거든요."

"아 그런가요? 그럼 작가님, 처음에 했던 디자인으로 마무리해주시면 될 것 같아요!"

이런 경우는 다반사다.

관공서와 작업할 때의 일인데, 사계절을 표현한 그림에 수정사항이 가득이었다. 간격, 구도, 위치 비율을 빨간 선으로 그어 면밀하고도 과학적인 수정을 요구해왔다. 마치 학생이 제출한 답안지에 동그라미 엑스를 그어가며 채점해놓은 듯 '이건 틀렸어'라는 선생님의 목소리가 귓가에 울릴 지경이었다. 그 많은 수정 지시에 뜨악했지만 한 치 오차 없이 반영하느라 긴 시간을 작업해 결과물을 보냈다. 그리고 피드백을 확인했는데 그때의 허탈함이란! 결론은 처음 작업했던 그 시안으로 되돌려 마무리하라는 주문이었다. 애써 하나하나 수정하느라 진땀을 흘렸건만 그것이 다 무용지물이 되었으니 맥이 빠질 수밖에.

고객은 언제나 줄이 안 맞는 것 같다, 배열이 흐트러졌다, 여기랑 저기가 이상하다……. 작은 차이를 큰 오점이나 결점으로 여겨 끊임없이 수정을 요청한다. 그러나 작업자 입장에서 말하자면, 내가 제출한 시안은 그러한 오차를 반영하고 수정하며 고민한 끝에 최종 완성한, 조화로운 결과물이다. 한마디로 작업자가 모든 시도 끝에 완성한 시안이라는 말이다. 그 과정을 알아주는 담당자는 "작가님이 보시기엔 어떠세요?"라며 의견을 묻고 작가를 존중한다. 모든 일이 이렇게 순조롭게 풀린다면 '땡큐'지만, 그렇지 못한 경우가 더 많다. 어떤 고객사는 무한 반복 수정을 요구한다. 그건 분명 의미 없는 수정이다.

황금비율은 중요하다. 요리의 맛을 더해주는 음식의 재료에도, 옷의 스타일에도 황금비율은 존재한다. 사람의 얼굴에도 조화롭고 아름다운 비율이 있다. 그리고 글자와 글자 사이, 그림과 글자 사이에도 존재한다. 자로 잰 듯한 정확한 비율로 조화, 대칭을 이루면 보기에도 편안하고 아름답게 느껴지는 건 사실이다.

그렇지만, 감이라는 게 있다. 그것은 안목에 가까운 것인데 예를 들어 떡볶이를 만든다고 가정해보자. 설탕 한 스푼, 마늘 한 스푼, 간장 두 스푼. 정확한 계량으로 만들 수도 있지만 취향에 따라 단맛이 좋으면 설탕 비율을 높이고 짭짤한 맛이 당기면 간장의 양을 늘려보는 것 그게 맛의 감이다.

수십 년간 콩으로 메주를 쒀서 항아리에 된장을 담가온 할머니보다 장맛을 잘 아는 사람이 있겠는가. 연애로 골머리를 앓을 땐 《연애의 정석》을 독파하는 것보다 수차례 연애를 경험한 언니에게 털어놓는 편이 나았다. 좀처럼 속 시원히 풀리지 않을 때, 경험이 맺은 지혜에 기대다 보면 해결되는 경우가 많았다.

정확성을 추구할수록 정확해지기는 어렵다. 정답이라는 게 없을 때는 누군가 오랜 시간 쌓아온 경험치를 믿어보는 건 어떨까?

잘되는 나

'말하는 대로 사람은 움직인다.

힘들다 하면 진짜 힘들어지고

된다 된다 하면 되는 것처럼.'

—이대호, 야구선수

나는 평소에 습관처럼 하는 말을 주의하는 편이다. 말에는 씨앗이 있어서 뱉은 대로 자라게 된다는 무서운 말을 듣고부터다.

아, 힘들어서 죽겠네. 더워서 죽겠네, 배고파서 죽겠네…….

무심결에 쓰는 말꼬리인 '죽겠네'라는 말. 생각해보니 끔찍하고 무섭다. 그래서 말하는 습관을 바꿔서 '죽겠네'라는 단어를 모두 삭제시켰다. 일이 끝이 없어서 힘들었어, 버스가 오지 않아 오래 기다리느라 힘들었어, 이렇게 말이다.

내친 김에 핸드폰에 저장되는 이름에도 수식어를 붙여서 아름답게 말을 꾸며보자 생각했다. '예쁜 미서, 소중한 남편'이라고 저장해놓으니, 아이를 부를 때도 남편을 생각할 때도 예쁘고 소중하게 느껴지곤 했다. 별것 아니지만 수식어를 붙여주니 듣는 아이도 남편도 "이름 앞에 뭐야" 하면서도 행복해했다.

문제 앞에서 문제만 놓고 보면 걱정이 한가득이지만, 해결이 됐다고 가정하고 달리 생각하면 조급함보다는 평온한 마음으로 문제를 응시할 수 있다. 말을 바꾸니 생각이 바뀌었고, 깊이 한숨 쉬며 걱정할 일은 대체적으로 없게 됐다. 무엇보다 주어진 것에 꾀부리지 않고 책임을 다해 노력하겠다는 마음이 생겼다. 좋지 않은 상황을 마주했을 땐, 어디서 잘못되었는지 어떤 실수를 했는지 점검하고 잘못을 반복하지 않겠다고 마음을 다잡는 계기로 삼으면 될 일이다.

'마음이 없으면 핑계만 보이고 마음이 있으면 길이 보인다.'
—안호성, 목사

마음에 끌리는 것을 선택하는 것이 정답인 것 같다. 적어도 내가 선택한 것이니 후회는 없을 것이다. 나답게 사는 것, 나답게 행동하는 것. 내가 선택한 길에서 어려움에 부딪히고 힘겨운 일상을 마주하게 될 때, 낙심하고 절망하기에 앞서 내가 지나온 시간을 돌아보며 스스로를 격려하곤 한다.

《위대한 상인의 비밀》이라는 책에 인상적인 구절이 있다.

'열등감을 느낄 때는 새 옷으로 갈아입고
무능력함이 느껴지면 지난날의 성공을 기억하리라
가난함을 느낄 때는 다가올 부를 생각하고
삶이 무의미하게 느껴지면 내 목표를 되새기리라'

직장에서 치열하게 보낸 20대와 30대, 지난한 시간을 통과하며
잘할 수 있는 것을 찾고 나서는 그 길을 걷는 과정이 감사했다. 길
은 놓여 있기보다 만들어가는 것에 가까웠다. 지난날 감사의 순간
을 떠올리며, 다가올 감사를 생각하면서 힘을 얻는다.

나는 앞으로 '잘되는 나'를 기대하고 소망한다.

Thank You.

일상을 디자인 하다
http://letter001.blog.me

보통의 경험,
특별한 기억

'나도 새벽에 일어나서 뭐라도 해볼까?'

일명 '미라클 모닝'에 대한 도전은 늘 품고 있었다. 다들 눈 비비고 일어나 앉아 책을 읽거나 매트를 깔고 요가나 필라테스를 한다는데 나는 좀 색다른 걸 하고 싶었다. 바로 새벽 기도에 가는 것. 문제는 그러자면 택시를 타야 하는데, 깜깜한 새벽에 누가 운전하는지도 모를 낯선 택시에 섣불리 몸을 싣는 것이 두려웠다. 좀처럼 실행에 옮기기 어려웠던 이유도 발걸음이 떨어지지 않을 만큼 공포스러웠기 때문이다. 워낙 흉흉한 세상이니까.

내 얘기를 들은 지인이 자기야말로 새벽마다 택시를 타고 교회에 간다고 했다. "하루도 빠짐없이 택시를 타죠." 순간 마음에 전구가 켜진 듯했다. 그 얘기에 용기가 불쑥 솟아서는, 마침내 새벽 5시에 핸드폰을 열고 콜택시를 불렀다. 어두컴컴한 새벽을 뚫고 온 택시가 집 앞에 섰다.

'기사님은 안전한 사람일까?'

택시 문을 열고 기사님 얼굴을 흘끔 쳐다봤다.

"안녕하세요?"

부드러운 목소리로 기사님이 먼저 인사를 건넨다. 거울에 비친 얼굴을 보니 얼핏 친구 아빠처럼 친근해 보여 안심이 되었다. 고요한 새벽 차 안에는 잔잔한 음악이 안개처럼 깔리고, 그 음악에 긴장했던 마음도 풀어졌다. 온갖 무도한 상상을 발휘해 죄 없는 기사님을 나쁜 사람으로 의심한 걸 후회했다. 무슨 노래인가 가만히 들어보니 성가 같았다. 잘못 들었나 싶어 기사님께 물었다.

"음악이 찬양인데, 기사님 교회 다니세요?"

기사님 말씀이 자신은 교회를 다니지 않지만 승객의 목적지가 교회라서 기독교 방송을 틀어 놓으셨다고, 아마도 손님이 좋아할 것 같아 주파수를 맞추어 놓고 기다리셨다고 했다. 그리고 날마다 하루도 거르지 않고 큰길에서 택시를 타는 손님이 있는데 나와 목적지가 같다고 말씀하셨다. 설마!

"스타파크 앞에서 타는 여자분 얘기하시는 거예요?"

"네, 맞아요. 아이 데리고 다니는 여자분. 매일같이 제 차를 타고 손님과 같은 교회 앞에서 내려요."

"어머나, 기사님. 저랑 친한 그분을 매일 태우셨다니! 놀랍고 신기하네요."

친척 오빠라도 만난 듯 반가워서 나는 들뜬 목소리로 맞장구를 쳤다. 동트는 아침처럼 내 낯빛도 밝아졌다. 보통 때라면 한참 잠에 빠져 있을 꼭두새벽에, 택시 안에서 손뼉을 칠 만한 대화를 주고받는 것 자체가 말 그대로 미라클 모닝 아닌가. 거기에 찬송가까지 울려 퍼지니 은혜와 기적이 충만한 아침!

택시에서 내리자마자 택시 이용 앱 평가에 '만족'을 눌렀다. 다음에도 이 기사님과 만나게 되기를. 이후, 새벽에 기도하러 갈 때마다 기사님과의 재회를 기대하며 택시를 호출한다.

어느 날 유튜브에서 구글 조용민 대표의 에피소드를 보게 되었다. 그가 로스앤젤레스에서 일하던 때, 심한 염증 때문에 매형 병원에서 대장 내시경을 받게 되었다. 마침 매형이 바빠서 집도가 어렵게 되자 백인 의사와 백인 간호사를 연결해주었다고 한다. 타국에서 수면 내시경을 받으려니 얼마나 긴장이 됐으랴. 걱정을 한가득 짊어지고 차가운 침대에 누우려는데 방탄소년단의 〈DNA〉가 적막한 공간으로 흘러나왔다. 익숙한 음악이 들리자 잔뜩 움츠린 마음이 펴지면서 몸도 긴장이 풀어지기 시작했다. 의사 선생님은 수술 도구를 살피면서 휘파람을 부는 것 같았고, 간호사는 비트를 타는지 가뿐해 보였다. 활기찬 비트가 수술실의 차가운 공기를 채우면서 그는 스르르 잠이 들었다.

검사를 마친 후 그는 저녁 식사 시간에 매형에게 질문했다.

"매형, 제가 헛것을 들었는지, 방탄소년단의 〈DNA〉를 들은 것 같아서요."

"어, 맞아! 우리 병원은 한국 사람이 오면 누구나 좋아하는 케이 팝을 틀어주고 중국 사람이 오면 중국 노래, 유럽인이 오면 가장 인기 있는 유럽 노래를 틀어줘."

내가 경험한 택시 기사님의 이야기와 같은 맥락이었다. 그 덕분인지 조용민 대표의 마케팅 강연은 머릿속에만 들어온 것이 아니라 마음 깊숙이까지 각인된 것 같다. 새벽에 만난 기사님이 특별히 기억에 남았던 이유는 결코 친절한 서비스 때문만은 아니었다. 주변을 살피고 챙기는 이에게서 우러나는 고유의 정서, 인간적인 따스함과 세심함이 보통의 경험을 특별한 기억으로 만들었다고 생각한다. 물론 기사님은 쉽게 잊히지 않는 이야기로 기억될 '멋진 마케팅'을 하신 셈이다. 전략적이라기보다 진심이 낳은 마케팅은 나를 돌아보게 했다. 나도 고객에게 기억에 남는 사람이었을까?

"작업한 로고 디자인에 행운이 깃들어 있나 봐요. 장사가 잘돼요."

오래전 커피 사장님의 칭찬에 가슴 벅찼던 때를 떠올렸다. 일을 마치고 나면 또 다른 일을 맡겨주던 분도 생각난다.

"작가님의 모든 작품, 순위를 가리지 않아도 될 만큼 모든 것이 좋았습니다."

　기억되는 사람, 누군가에게 기억되는 이야기, 이것이 끊이지 않
도록 내가 하는 일에 진심을 다해야겠다.

그 사람의 이야기를
풀어 주고 싶습니다~

그 해답이
사랑이라면

통통 튀는 모습으로 율동하고 상큼하게 피아노를 치고 있는 그녀는 스물세 살, 대학교 3학년 청년이다. 아이들을 돌보는 봉사활동을 하는 그녀와 함께 있으면 덩달아 젊어지는 기분이다.

20년이 넘는 나이 차이에도 불구하고 그녀와 친하게 지내고 싶어 나름 살갑게 대했다. 전투 같은 입시를 치르고 마침내 목표를 이뤘다 싶었을 텐데, 다시 '취업'이라는 더 큰 난관을 치를 것을 생각하니 팔팔한 청년이 짊어진 무게가 안쓰럽기도 했다.

이런 내 마음을 알았는지 그녀는 짧게 나누는 이야기도 좋아해주었고, 소소한 부탁도 거절 한 번 하지 않고 흔쾌히 들어주었다. 요즘 아이들 같지 않게 상대를 더 생각해주는 '어른 청년' 같았다.

그날도 커피 한 잔 하자는 말에 망설임 없이 활짝 웃으며 좋다고 한다. 또래 친구들과 어울려 시간 보내기에도 바쁠 텐데, 고마워

라. 한참 이야기를 나누다 진로를 물어보니 잠시 머뭇거리다 조심스럽게 대답한다.

"지금 전공을 진로로 선택해야 할지, 다른 것을 하고 싶은 것인지, 제가 뭘 좋아하는지 모르겠어요."

그 말을 하는데 어느새 눈물이 그렁그렁하다. 그 답답함이 내게도 전해져, 조언이랍시고 함부로 얘기해선 안 될 것임을 감지했다. 자신이 좋아하는 것을 열심히 찾고 노력했는데도 해답은 오리무중이니, 그 막막함이 가장 빛나는 청춘을 갉아먹고 있는 것이다.

어떤 말을 해주어야 할지 고민 중인데, 그 틈을 주지 않고 또 다른 이야기를 꺼낸다.

"지금 병원에 다니고 있어요."

정말 건강해 보이는데 어디가 아픈 것일까.

"제가 우울한데 그게 나아지지 않아서 병원 다니면서 치료받고 있는 중이에요. 저 자신을 사랑했으면 좋겠는데 그게 잘 안 돼요."

결국 울음이 터진다. 가볍게 커피 한 잔 하려던 것이 갑자기 심각해졌다. 터져버린 울음을 삼키지 못하고 힘겨워하는 그녀를 보니 마음까지 저려온다. 평소 밝고 명랑하기만 했던 아이여서 더 그랬는지, 나도 그녀를 따라 눈물을 훔쳤다.

그녀와 헤어진 뒤로 어떻게 그 아이를 도울 수 있을지, 생각을 떨칠 수 없었다. 나는 책장을 서성이다가 심리 그림책《굿바이 블랙독: 내 안의 우울과 이별하기》를 펼쳤다.

인생을 살아가는 동안 누구도 피해 갈 수 없는 것이 우울이라는 감정이라고 한다. 우울증은 만성적이기도 하지만, 도망가거나 피하려고 하지 말고 정면으로 맞설 수 있어야 자신이 무얼 배울 수 있는지 스스로 생각하게 된다고 했다. 나는《굿바이 블랙독》을 그녀에게 선물했다.

'길을 잃어보지 않고는 나를 발견할 수 없다.'

우울증은 누구나 겪을 수 있다. 다만 피하지 않고 자기 마음을 있는 그대로 들여다보는 계기로 삼는다면 자신에게 관대해져서 오히려 도움이 될 수도 있다. 내게 먼저 터놓고 말을 꺼냈다는 것은 어쩌면 스스로 나아지기 위해 노력하고 있다는 의미는 아닐까. 그녀가 우울증에서 벗어나 자유를 찾을 수 있도록 '따뜻한 차 한 잔의 쉼'이 되어 많이 들어주고 기다려주고 안아주고 싶었다.

일 년이 지난 지금의 그녀는 그때와는 조금 달라진 모습이다. 요즘 마음은 어떠한지, 차 한 잔을 함께하며 이야기를 나누었다.

부모님의 뜻을 거스르고 싶지 않아 자신이 하고 싶은 것을 선뜻 말할 수 없었던 것이 갈등의 원인이었다고 했다. 그렇다고 자기 하고 싶은 대로 살면 그건 또 옳은 선택일까, 진로에 대한 고민으로 힘겨운 시간을 보냈을 것이다. 결국 용기를 내어 부모님께 앞으로 내가 하고 싶은 대로 하겠노라고 당당히 선언했다고 했다. 당황한 부모님과의 마찰은 있었지만 결국 자신의 뜻을 지지해주기로 했다며 환하게 웃는다.

가왕 조용필은 〈바람의 노래〉에서 이렇게 말한다.

보다 많은 실패와 고뇌의 시간이
비켜갈 수 없다는 걸 우린 깨달았네.
이제 그 해답이 사랑이라면
나는 이 세상 모든 것들을 사랑하겠네!

마주한 현실에 불안은 계속되고 나아갈 방향을 몰라 방황하겠지만, 결국 내가 처한 현실과 아픔을 받아들이기로 결심한 순간 그것을 딛고 일어설 해답이 주어진다는 걸 아마도 그녀는 알았으리라.

새로운 길
내를 건너서 숲으로
고개를 넘어서 마을로

나는 내 삶이 참 좋다

"어린아이 함부로 무시하지 마라

내가 걸어왔던 길이다.

노인 함부로 무시하지 마라

내가 갈 길이다."

박중훈 배우의 어머니가 늘 했던 말씀이라고 한다.

시골에서 공부만 잘하면 성공한다고 했던 시절이었다. 당시 공부 잘하는 친구들은 높은 산처럼 위대해 보였고, 많이 부러웠다. 나는 공부보다는 미술을 잘했던 아이였다. 하지만 시골 사람들에게 미술은 중요하지 않았고 주목을 끌지도 못했다. 부모님도 마찬가지였다.

지금 생각하면 뭐라도 잘할 수 있다는 것이 얼마나 고마운 강점인데 그때는 몰랐다. 보석도 발굴하지 않으면 그만 아닌가. 주위에서 알아주지 않으니 나조차도 나를 시답잖게 생각했다. 생각해

보면 누구에게나 흙 속의 진주 같은 부분이 있을 텐데, 그것을 알아보고 관심을 주기까지는 신의 도움이 필요하다.

'내가 잘하는 것은 과연 뭘까?'

사무실에서 턱을 괴고 한참을 생각했다. 그러다 퍼뜩 중학교 시절에 그림을 잘 그렸던 걸 기억해냈다. 생각해보니 나는 보이는 대로 그리는 걸 좋아했다.

매일 일기를 썼는데, 일기장 한편에 낙서처럼 끼적끼적 그림을 그려 넣었다. 친구와 떡볶이를 먹은 날은 기다라니 빨간 가래떡을 그렸다. 수업 시간에는 선생님의 얼굴을, 이대팔 가르마에 안경 쓴 모습을 책 귀퉁이에 그렸다. 틈날 때마다 눈에 보이는 대로, 생각나는 대로 쓱싹쓱싹 그렸다. 공부가 세상의 전부인 시절이었으니, 미술에도 인생의 진로가 있을 수 있다는 것을 나 자신은 물론 부모님도 생각하지 못했다.

늦게라도 내 꿈을 찾을 수 있었던 건 스물일곱의 그날, 기억 깊은 곳에서 빛나던 내 모습을 발견했기 때문이다. 당장 직장을 관두고 디자인 학원을 등록하기까지의 용기를 불러일으킨 것은 다름 아닌 어린 시절의 나였다.

어느덧 40대 후반을 지나고 있다. 회사의 일원으로서가 아닌 내 일이 하고 싶었던 나는 일러스트 디자인으로 창업을 했고 집에서 일을 시작했다.

지금 내가 가는 길이 맞는 걸까? 잘못 선택한 건 아닌가? 이렇게 집에서만 일하다가 일이 안 들어오면 어떡하지? 빨리 자리를 잡아야 할 텐데, 어떤 방법이 좋을까? 등등. 현실은 매일 불안과 압박의 연속이었다.

그러나 쉬운 길을 마다하고 어려운 길을 자처한 사람은 나다. 그래야 더 많이 배우고 경험이라는 자산을 얻게 될 거라고, 스스로를 설득하지 않았던가. 인생에서 반드시 전쟁을 치러야 한다면 한 살이라도 더 젊을 때 먼저 치열하게 겪어낸 후 평화를 누리고 싶었다. 가시밭길을 지나야 비로소 꽃길이 펼쳐지는 법!

할 일이 있어서, 내 일을 하고 있어서 행복하다. 나이 든다는 건 참 신기하다. 팔팔할 때는 없었던 자신감과 자존감이 마구 샘솟는다. 머리가 굳었어! 종종 한탄하면서도 일머리를 써서 그런지 머리가 팽팽 잘 돌아간다. 요즘은 한창 영어 공부 중인데, 꽤 많은 회화 문장도 운동하면서 쉽게 외워지고 조금만 집중해도 이해가 되니 놀랍다.

물론 불편한 것들도 있다. 핸드폰 문자가 잘 안 보여 글자 포인트를 키우고, 작은 글씨를 볼 때는 돋보기안경을 써야 하는데, 그거야 뭐, 자연스러운 현상이다.

내 인생은 아직 진행형이고, 나는 만개하고 있다. 늘 봄 같은 인생을 꿈꾸며 살고 있다.

고민하고 절망하고 더 많이 가진 자를 부러워하며 안개 자욱한 길을 걸어야 했던 내 청춘. 그러나 내가 가는 곳이 길이 되었고 그 것을 살아내니 충만한 삶이 되었다. 그 길이 좋았든 아쉬웠든, 찬란한 벚꽃처럼 만개한 내 삶이 나는 좋다.

이 모든 영광을 하나님께 올립니다!

디자인 한스푼
이해정입니다

초판 1쇄 발행일 2024년 10월 15일

지은이 이해정
펴낸이 김현관
펴낸곳 율리시즈

책임편집 김미성
디자인 진혜리
일러스트·캘리그래피 이해정
종이 세종페이퍼
인쇄및제본 올인피앤비

주소 서울시 양천구 목동중앙서로7길 16-12 102호
전화 (02) 2655-0166/0167
팩스 (02) 6499-0230
E-mail ulyssesbook@naver.com
ISBN 979-11-983008-8-1 03810

등록 2010년 8월 23일 제2010-000046호

책값은 뒤표지에 있습니다.